菊のきせ綿

江戸菓子舗照月堂

篠 綾子

時代小説文庫

角川春樹事務所

目次

菊のきせ綿

江戸菓子舗照月堂

第一話　養生なつめ

一

秋も深まりつつある八月十日の朝、なつめは大休庵《だいきゅうあん》の庭に植えられている棗《なつめ》の木の前に立っていた。

両手をそっと合わせて、頭《こうべ》を垂れる。

この木の前に立つと、自然とそうせずにはいられなかった。

亡き母も京の屋敷で育てていた棗の木。体によいとされる棗の実は、懐妊中の母を助け、やがて生まれた娘の名ともされた。

（父上、母上、そして、兄上――）

棗の木の前で手を合わせながら、なつめは亡き父母と行方知れずの兄のために祈った。

（私は了然尼《りょうねんに》さまに見守られ、健やかに暮らしております。ですから、父上と母上はどう

か兄上をお見守りくださいませ。そして、いつか兄上と私が再びめぐり会えますよう、お力をお貸しください）

その時は、昔、皆で食べた餅菓子〈最中の月《もなかのつき》〉を、兄と一緒に味わいたい。

その思いから、なつめは今、駒込千駄木坂下町《こまごめせんだぎさかした》の菓子舗照月堂《しょうげつどう》で子守の女中をしながら、いつの日か、菓子を作る修業をさせてもらえる日を待ち望んでいる。

いつか、兄と再会し、一緒に食べる最中の月がなつめ自身の作ったものであれば、この上ない仕合せだ。そして、その兄と一緒に、亡き父母の墓に最中の月をお供えすることができたなら――。

それが、今のなつめのいちばんの願いであった。

江戸へ引き取られて以来、ただの一度も墓参りをしていない親不孝が、胸に重く伸《の》し掛かっている。だが、今の自分には一人で京へ行くことなどできない。

だから、せめて今は、母の思い出とつながる棗の木の前で、手を合わせていたかった。

そして、この木は、親を喪《うしな》ったなつめを引き取り、導いてくれる了然尼の慈しみのこもったものでもある。江戸に来た時、ほとんど口も利けなかったなつめのため、この木を大休庵に植えて、亡き母のことを教えてくれたのだ。

その時はまだ若木で、花も咲かなかった棗の木も数年後には実をつけるようになり、今年の夏も黄白色の花を咲かせていた。

なつめはそっと目を開けた。

緑葉と緑葉の隙間に、いくつかの実が見える。まだ赤色が薄く熟れ切っていないものもあるが、中にはもう収穫してもよさそうな実もあった。

なつめはその一つに、そっと手を伸ばす。

「もう実を穫《と》ってもええ頃どすなあ」

後ろから、はんなりと柔らかな京ことばが聞こえてきた。

「了然尼さま」

なつめは振り返って、身を少し横へ退けた。

「まだ出かけはってなかったんどすなあ」

了然尼はなつめの隣に立ち、目をじっと棗の木に向けたまま言った。

「はい。出かける前に、この木に挨拶をしようと思いまして」

毎朝というわけではないが、ここで手を合わせているなつめの行動を、了然尼はとうに気づいていたのかもしれない。

「去年までは、なつめはんと一緒に実を穫ってましたけど、今年は難しいかもしれまへんなあ」

昼間のうちにお稲《いね》はんと一緒に穫っておきまひょ――と告げた後、了然尼はっとなつめに目を向けた。

「せやさかい、初めの一つは今ここで、なつめはんが穫ったらどないどすか」

了然尼の目が優しく瞬《またた》いている。この秋の最初の実りを、なつめに収穫させてあげようという了然尼の心遣いに、なつめは胸が熱くなった。

「ありがとうさんでございます」

そう言いながら、つい手を合わせてしまった。少し大袈裟《おおげさ》に過ぎたかもしれないとなつめが思うのと同時に、了然尼の口もとから、ほほっと上品な笑い声が漏れた。

なつめは先ほど手を伸ばした暗赤色の実を一つもぎ取り、それを了然尼の小さな掌にのせた。了然尼はその実を大切そうに両手で包み込み、なつめにそっとうなずき返した。

その日、なつめが照月堂の庭の枝折戸《しおりど》をくぐると、井戸の近くに安吉《やすきち》がいた。少し前まで、上野の菓子舗氷川屋《ひかわや》の職人見習いだった安吉は、照月堂の住み込みとなって、日はまだ浅い。

主人久兵衛《きゅうべえ》の下で修業をしているのだが、間もなく売り出す月見団子作りを任されたというので、近ごろ張り切っていた。

近くには、なつめが世話をしている郁太郎《いくたろう》と亀次郎《かめじろう》の兄弟もいたので、

「郁太郎坊ちゃん、亀次郎坊ちゃん、おはようございます」

まず子供たちに挨拶してから、なつめは安吉に声をかけた。

「安吉さんもお早いですね」

「ああ、おはようさん」

応じる安吉の声は浮かれている。

（何かいいことがあったのだわ）

知り合って間もないが、安吉の性質は大体分かっている。根は素直で単純なのだが、いかんせん調子に乗りやすいのが難点であった。

「今日から本式に団子を作り始めるんだ」

なつめが何も訊《き》かぬうちから、安吉は得意げな口ぶりで告げた。

五日後の八月十五日は、中秋の名月が見られる日。

月見の風習は古くからあるが、昔の宮中で、この月見の宴《うたげ》に丸い餅が供された。まるで満月そのもののようなこの白い丸餅を、やがて〈最中の月〉と呼ぶようになり、今でもこの菓子は売られている。

ところが、京ではふつうに手に入るこの餅が、江戸では売られていない。江戸にも〈最中の月〉という菓子はあるのだが、まったく別の丸い煎餅《せんべい》がそう呼ばれていた。

なつめは江戸へ来てから、元祖〈最中の月〉を探し続け、ようやく見つけたのがこの照月堂だったのである。

由来からすれば、丸餅の〈最中の月〉は中秋にこそ食べる菓子なわけだが、近ごろは月見団子を食べる家が多い。

照月堂では、二日前の十三日から月見団子を売り出すことにしており、その数日前から予約を受けつけていた。

そこで、ここ二日ほど、その試し作りをしたという。

今まで――というのは氷川屋での修業時代も含めてだが――団子を拵《こしら》えたことのない安吉は、久兵衛に一から教え込まれたらしい。

「筋がいいって、旦那さんから言われたんだ」

安吉は胸を張って言う。

「粉と水を混ぜたのはお父つぁんで、安吉お兄ちゃんは団子の形に丸めただけなんだよ」

傍らから、亀次郎がなつめにささやいた。

「こら、坊ちゃんは余計なこと言わなくていいんですよ」

安吉が怖い顔をしてみせたが、亀次郎は怖がるどころか平然としている。

「でも、安吉お兄さんは団子を丸める筋がいいって、お父つぁんが言ってたのは本当だよ」

安吉を励まそうというつもりなのか、今度は郁太郎が口を添える。

「団子を丸める筋……ですか？」

それは一体どんな筋なのか、と訊き返したいところだ。すると、安吉はむきになって口を開いた。

「団子を丸めるのだって大変なんだよ。やったことのないもんには分からないだろうけど」

何気ない一言が、なつめの胸に引っかかった。安吉に悪気はないのだろうが、厨房《ちゅうぼう》にも入れぬ身には、団子を丸めるのだってうらやましいのだ。

菓子作りは男の職人がするもの――という久兵衛の方針は、はっきりしていた。

子守の女中としてならば雇うと言われ、それでも照月堂という菓子舗の中で日々を送ることの意義を感じたなつめは、それを承知したのである。

その後、少し前まで照月堂にいた職人辰五郎《たつごろう》と力を合わせ、売れ行きの落ちていた餅菓子〈最中の月〉を新たな菓子〈望月《もちづき》のうさぎ〉として生まれ変わらせる工夫をしたなつめは、もしも〈望月のうさぎ〉の売れ行きがよければ、厨房に入れることも考えようとまで、久兵衛から言われたのだが……。

「ところで、安吉さん。望月のうさぎについて、何か聞いていませんか」

なつめは話を変えて、安吉に尋ねた。

「ああ。それについちゃ、番頭さんが旦那さんに数を増やしたらどうかって話してたのを、耳に挟んだぜ」

安吉は訳知り顔になって答えた。

どの菓子をどう売っていくか、それを考えるのは久兵衛と番頭太助《たすけ》の役目で、もちろん安吉は口出しなどできない。それはなつめも同様だが、久兵衛の父で今は隠居の市兵衛《いちべえ》は、ご意見番として進言することができる。そして、この市兵衛こそ、なつめの菓子への思いを知り、ひそかにその後押しをしてくれる人でもあった。

――ほんの数日前のこと。

「中秋に合わせて、『お月見には望月のうさぎをどうぞ』と、お客さまにお勧めすることはできませんか」

なつめは市兵衛にそう相談してみた。

「そりゃあ、いい考えだね」

うなずきながら、顔をほころばせた市兵衛は、番頭の太助に話してみようと言ってくれたのである――。

それが、どうなったのか気になっていたが、どうやら市兵衛から太助へ、太助から久兵衛へとその提案が伝わったらしい。

「でも、あんまりうまくねえみたいだ」

続けて口に出された安吉の報告に、なつめは気落ちした。

何でも、月見団子の予約をする客に「望月のうさぎもご一緒に」と勧めてみても、

「月見といやあ、やっぱり団子じゃないとねえ」

ほとんどのお客はそう言って、団子に加えて、望月のうさぎを注文しようとはしないらしい。

「お団子はお団子として食べるとしても、他に望月のうさぎがあってもいいでしょうに……」

なおもあきらめきれず、なつめが言うと、

「それが、旦那さんによれば――」

と、断った後で、安吉はいささか得意げに続けた。

「団子は米を挽《ひ》いた粉から作ってるから、わりにたくさん食べられるが、望月のうさぎは

糯米《もちごめ》を搗《つ》いて作ってるから、腹に重たいんだ。それもあって、お月見は団子だけでいいってことになっちまうらしい」

　結局、望月のうさぎは売れ行きを見つつ、数を決めていくこととなったらしい。

「それよりさ」

　なつめの沈み込んだ内心には気づかないのか、安吉はさらっと話題を転じた。

「俺の〈大安大吉飴《たいあんだいきちあめ》〉も、旦那さんが味や見た目を調《ととの》えてくれてるとこなんだ。十五夜の後、いよいよ俺の飴を売り出すってことになるかもしれねえぜ」

　大安大吉飴は、安吉が照月堂に入る前、その腕を試されて拵えたものだが、久兵衛は売り方まで考えろと注文をつけた。その際、菓銘を考えたのも、飴を入れる袋を作ったのもなつめだというのに、人の手助けは都合よく忘れている。

　あれは、すべて自分の手柄だとでも思うのか、大安大吉飴を「俺の飴」と言う安吉の言いぐさに、なつめは言葉もなくあきれた。

　そして、これはとても意外なことであったが、どうやら久兵衛と安吉はうまくやっているようなのだ。

　気難しいところのある久兵衛と、言い訳が多くお調子者の安吉は、数日と経《た》たずに衝突するのではないか。これはなつめばかりでなく、照月堂の隠居市兵衛や、安吉を仲立ちした辰五郎の懸念でもあった。

　だが、安吉は久兵衛の前では言い訳をしないらしい。口答えはおろか口を挟むこともなく、久兵衛の教えに黙って耳を傾けているという。

（このままだと、私はいつまで経っても厨房に入れないかもしれない）

なつめの気分は、朝から浮かなくなってしまう。

その後、安吉は桶《おけ》を手に厨房へ戻っていったので、なつめは子供たちと一緒に仕舞屋《しもたや》へ入り、いつものように手習いなどをしながら一日を過ごした。その間も、望月のうさぎのことは気にかかっていたが、久兵衛や太助が知恵を絞っても思いつかないことを、なつめがたやすく考え出せるわけもない。

そのまま夕方になり、久兵衛の妻のおまさに挨拶して帰ろうとしたなつめは、

「少し待ってちょうだいな。安吉さんが持ち帰ってほしいものがあるからって」

と、呼び止められた。

庭に面した縁側で、しばらく雑談しながら待っていると、やがて厨房から安吉が現れた。

「なつめさん、これ持って帰ってくれよ」

と言って、安吉は紙の包みを差し出した。

「俺が作った団子なんだ」

鼻の穴を膨らませながら、安吉が言うのに続けて、

「あたしたちは後で食べさせてもらうんだけど、なつめさんは一緒に食べられないから、お家で食べてちょうだい」

と、おまさが付け加えた。

「えっと、適当に包んじまったけど、お父つぁんとおっ母さんの分くらいはあると思うからさ」

安吉が渡してくれた包みは、けっこう重い。おそらく十個以上は入っているのだろう。

「私には親も兄弟もいませんから、これだけあれば十分です」

なつめの返事に、安吉は不意を衝《つ》かれた表情を見せた。なつめの暮らしぶりを知っているのは市兵衛だけで、おまさにも安吉にも何も話していなかった。

「それじゃあ、なつめさんは誰と暮らしているんだい？」

「親戚の尼さまが引き取ってくださったので、その方と二人で。でも、世話をしてくれる住み込みのご夫婦がいるから、一緒にいただきます」

「そうか。なつめさんも大変だったんだな」

安吉がめずらしく他人を気遣う言葉を吐いた。

なつめはどう返事したものか迷った。

二親が亡くなってから了然尼に引き取られるまでは、確かに大変だったが、江戸へ来てからの暮らしは平穏そのものだったのだ。だから、気遣われると申し訳ないくらいなのだが、安吉からいたわられるのは悪くない気分だった。

「今度はもっとすげえもんを作って、なつめさんの家の人にも食ってもらえるようにするよ」

安吉はそう言うと、厨房へと走り去っていった。

なつめはおまさにも礼を言って、いよいよ帰ろうとしかけたが、その時、おまさの顔色があまりよくないことに気づいた。

「おかみさん、どこかお具合でも――？」

なつめが不安そうな声で訊くと、

「そんなことありませんよ」

暗いからでしょう――と何でもない様子で切り返された。だが、元気な声を出してはいるものの、やはり顔には疲労の翳《かげ》りが見える。

子供たちの面倒はなつめが見るようになったとはいえ、他の女中なしで家を切り盛りするのは大変なはずだ。安吉も住み込みで入ったわけだし、前の職人辰五郎のように気働きができるとは思えないから、おまさの負担が増えているのではないか。

「あまりご無理をなさいませんように」

そう言い添えて、なつめは頭を下げ、歩き出した。

おまさのために、何かできることはないだろうかと思いめぐらしながら、庭の枝折戸を出る。

ふと空を見上げると、半月と満月の中間ほどの月が浮かんでいた。

望月まであと五日だと、指折り数えながら思っていると、銀白色に輝く月はどことなく搗きたての餅のように見えてくるのだった。

二

了然尼はもともとなつめと同じく大の菓子好きで、茶席の主菓子《おもがし》にもくわしい。なつめが照月堂の女中となってからは、店の菓子を持ち帰るので、すでに了然尼もその味に馴染《なじ》んでいた。

どの菓子を口にしても、

「照月堂の旦那はんは、立派な腕をお持ちなのやなあ」

と、了然尼は満足そうに目を細める。

久兵衛が褒められるのを聞けば、なつめも嬉《うれ》しい。

「照月堂の旦那さんの本領は茶席用の主菓子なんです。本当はそういう主菓子をもっと食べていただきたいのですけれど……」

「茶席の菓子でも、気軽につまめる菓子でも、作る人の技と心がこもったものはおいしいのやと、わたくしは思います。せやから、望月のうさぎやお饅頭《まんじゅう》でも、照月堂の旦那はんの技と心はよう分かりました」

穏やかな口ぶりで言う了然尼の言葉を、ぜひ久兵衛に聞かせたいと思う。

市兵衛によれば、久兵衛は京で修業をした折、その雅《みやび》な風情に心惹《ひ》かれ、京の文化への憧れを強く持ったらしい。そのため、御所に仕えたこともある上、歌人としても名の知られた了然尼のことを尊敬しているという。

だから、了然尼となつめのつながりを知れば、なつめの希望に合わせて職人の修業をさせてくれるかもしれないのだが、それはなつめの本意ではない。そのため、なつめが了然尼の許《もと》に身を寄せていることは、市兵衛と相談の上、久兵衛には内密にしているのだが……。

(私が正式に照月堂の職人になれたら、その時こそ、了然尼さまのことも打ち明けよう)

なつめはそう心に決めていた。

そして、八月十日のこの日——。

なつめの持ち帰った月見団子を目にした了然尼は、少女のような笑顔を見せた。

「ほな、満月には少し早いけど、今宵《こよい》はお月見をいたしまひょ」

了然尼は言い、夕餉《ゆうげ》の後、茶を点《た》ててくれた。

茶室で用意した茶を縁側に運び、そこで月を眺めながら、団子を食べる。団子は十二個入っていたので、正吉《まさきち》とお稲夫婦の分を取り分け、了然尼となつめも三つずつ分け合った。

「月見団子はやはり、満月の形を模しているのでしょうか」

なつめは半月よりやや膨らんだ月を眺めながら、何気なく了然尼に訊いた。

今まで取り立てて考えてみたこともなかったが、そうなると、月見団子は最中の月と同じ由来である。いずれも満月の形から生まれた菓子なのだから。

その時、何かが心に引っかかった。何か、大事なことを見落としている、あるいは、忘れてしまっている、とでもいうような――。

「江戸の月見団子は丸いからそうなんやろな。けど、京では違いましたやろ」

了然尼からそう言われ、なつめは思わず「えっ」と小さな声をあげていた。

京に暮らしていた頃、月見団子を食べたことはよく覚えていなかった。なつめの戸惑った表情に気づいた了然尼は、

「京の月見団子は、里芋のような形をしているんどすえ」

と、続けた。

「里芋――？」

「そうや。秋の収穫を感謝する気持ちを込めたのやろなあ」

そう言われた時、細長くいびつな形をした団子の形が脳裡《のうり》に浮かんだ。

――お月見の団子や。なつめは夜中まで起きてられへんさかい、今ここでお食べ。

そんな母の言葉を聞きながら、団子を食べた時の記憶も、同時によみがえった。

どうして忘れていたのだろう。最中の月のことは、あれほどはっきり覚えていたのに――。

だが、それも無理のないことだったかもしれない。

最中の月は何度も食べていた上、丸い形から月を連想しやすかったが、里芋の形をした団子は月見と結びつかなかったのだ。

「そうしてみると、今宵の月は京の月見団子の方に近い形をしておりますね」

なつめは昔のことを穏やかな気持ちで思い出しながら、一つ目の団子を取って懐紙《かいし》で包んだ。その時、団子の形が少しいびつであることに気づいた。

（団子を丸める筋がいいとか、大きな口を叩《たた》いておきながら、安吉さんときたら、これなんだから――）

なつめは了然尼の手前、恥ずかしくなった。が、了然尼はすでに一つ目の団子を口に入れ、懐紙で口もとを押さえながら、ゆっくりと味わっているようだ。

その顔に浮かぶのが、満月のように満ち足りた表情であったので、なつめはほっとした。

なつめも一つ目の団子を口に入れた。形はいびつでも、味は確かにおいしい。望月のうさぎに似て、ほのかで上品な甘みがある。

久兵衛が作ったものならば、上質の砂糖も少しは使っているのかもしれない。

米を挽いた粉で作った団子は、望月のうさぎに比べて粘り気が少なく、するりと喉を通っていく。餅菓子よりも、腹の感じる負担は少なく、確かにたくさん食べられそうだ。

「江戸のお団子が少しつぶれているのにも、謂《いわ》れがあるんどすえ」

二つ目の団子を食べ終えた了然尼が、茶碗を手にしながら告げた。

（つぶれているのに謂れが――？）

すると、形がいびつだったのは、安吉の失敗というわけではなかったのか。

「真ん丸やと、亡《の》うなった人にお供えする枕団子と同じやさかい、月見団子は形を崩すのや」

黙っているなつめに、了然尼はそう教えてくれた。

なるほど、それならば、このいびつな月見団子はそういう意図で作ったのかもしれない。

しかし、念のため、明日にでも安吉に確かめてみようと、なつめは心に留めた。

「照月堂はんで過ごす日々は、楽しゅうおますか」

なつめが茶を一口飲んだ後、了然尼が尋ねた。

「はい。まことに――」

なつめは考える間《ま》も置かずに答えた。

「あれからひと月半。今のところ、菓子作りはさせてもらえんということどしたな。そなたのことゆえ、すぐに心移りしてしまうのやないかと思うてましたけど……」

「心移りも何も、私はまだ厨房にも入れず、菓子作りのいろはさえ知らないのです」

「そのいろはさえ覚える前に、心移りするのやないかとわたくしは思うてたのや。これまでのそなたはそうどしたからなあ」

それを言われると、了然尼と目を合わせるのも恥ずかしい。

「せやけど、今は思い通りにいかへんのに、逃げ出そうとは思わへんのやな」

「思い通りにならないからこそ、かえってしがみついているのかもしれません。見苦しいかもしれませんが」

「何を言うてるのや。すぐ次のもんに心移りしてたこれまでより、今のなつめはんの方が凛々《りり》しゅう見えますえ」

「凛々しいなんて。むしろ、私は新しく入った安吉さんが先へ進んでゆくのを見て、うらやんだり焦ったり。そんな自分を女々しいと思っておりますのに……」

「なつめはん」

なつめのいつにない弱気な呟《つぶや》きが、庭の闇に吸い込まれてゆくのを待っていたかのように、了然尼が口を開いた。

「行灯《あんどん》をこちらに引き寄せてから、紙と筆を持ってきてくれませぬか」

「かしこまりました」

なつめは立ち上がって、まず障子の裏に置いていた行灯を縁側へ持ち出した。それから、墨を磨《す》った硯箱《すずりばこ》と筆、それに巻紙を用意して、縁側へ戻ってきた。

「ありがとうさん」

了然尼は巻紙を受け取ると、筆を執ってさらさらと何かを書きつけ始めた。書き終えると、それをなつめに差し出して、読んでみるようにと言う。


あぢきなし嘆きなつめそ憂《う》きことに　あひくる身をば捨てぬものから

巻紙に書かれているのはそれだけだった。

「これは……?」

和歌であることは分かるが、なつめの知らぬ歌であった。

「どないな意味か、分かりますか」

了然尼から問われ、なつめは再び目を紙に戻して考えた。「あぢきなし」とは仕方ないというような意味だろうか。「嘆きなつめそ」はあまり嘆くな。「憂きことにあふ」はつらい目に遭う、という意味だから――。

「仕方のないことだから、あまり思いつめて嘆かないで。つらい目に遭ったその身を捨てもせずにいながら――というような意味でしょうか」

つまり、了然尼は思い通りにいかなくても、嘆くなと言いたいのだ。なつめがそのことを口にすると、

「それもありますけど……」

了然尼はふふっといたずらっぽく、それでいて上品に笑った。

「この歌の中には、あるものが隠されてますのや」

「あるもの、ですか……？」

なつめは途方に暮れた。

「菓子にも関わりのあることどすえ。菓子と言うても、水菓子やそれを干したもんの類《たぐい》どすが……」

了然尼からそう言われて、なつめはもう一度、紙に書かれた了然尼の達筆に目をやった。

（菓子……水菓子の名前かしら）

そう見当をつけて読んでいけば、また別の見方もできる。

（あぢきなし――あっ、「梨」だったんだわ）

すぐに一つ見つかった。さらに、すぐ次の一つも、「あひくる身」から「胡桃《くるみ》」と分かった。

そして、そういう目で読んでいけば、最後の一つはあきれるくらい簡単だった。むしろ、そのことに気づかなかった自分が恥ずかしい。

「分かりましたか」

と問う了然尼に、なつめはうなずいた。

「梨、胡桃、そして、棗《なつめ》でございますね」

最後は「嘆きなつめそ」の「棗」である。

「この歌は、隠し題でございましたか」

なつめの言葉に、今度は了然尼がうなずいた。

「さよう。『古今和歌集《こきんわかしゅう》』に載っているものどす」

了然尼から教えを受け、一度は了然尼のように歌を作りたいと思ったとはいえ、なつめは『古今和歌集』千百首を覚えてなどいなかった。いや、歌詠《うたよ》みになりたいのなら、まずは『古今和歌集』を読むことだと言われ、三百首めを読んでいたあたりで、他のものに目移りしてしまったのだ。

「実は、今日、本郷にお暮らしの戸田《とだ》さまがお見えになったのですよ」

突然、了然尼が話題を変えた。

戸田さまというのは、戸田露寒軒《ろかんけん》、あるいは茂睡《もすい》などと名乗る老人である。了然尼に負けず劣らずの教養の持ち主で、江戸では歌人としても広く知られていた。

「まあ、戸田のおじさまが？」

なつめの声が明るくなる。おじさまと呼んではいるが、血のつながりはない。

了然尼の友であり、歌詠み仲間でもあった。家督を譲った後は屋敷を出て、今は本郷の小さな屋敷に、弟子や雑用をする老人と一緒に暮らしているという。

なつめは、江戸へ出てきてから露寒軒を知ったのだが、他にも深い関わりがある。

なつめの兄慶一郎《けいいちろう》が江戸へ遊学していた折、露寒軒を学問や歌の師匠と仰ぎ、よくその屋敷へ出入りしていたのであった。そのことを知っていたから、なつめも露寒軒になついている。

ただ、慶一郎の姿の消し方がかなり不穏なものであったせいか、あるいは、なつめが京の事件のせいで心身ともに傷ついたことを知っているためか、露寒軒が自分から慶一郎について、なつめに語ることはなかった。

なつめもまた、慶一郎に生きていてほしいとも、再会したいとも願いはしたが、かつての兄のことを――それも、自分の知らぬ兄の思い出をあえて引き寄せようとは、これまで思っていなかった。

とはいえ、兄に縁の深い人だと思えば、なつめは露寒軒が慕わしかったし、それがなくとも、少し風変わりなところのある老学者に敬意と親愛を寄せていた。

「お会いしたかったです」

なつめがひどく残念そうに言った。

「戸田さまもそう申されていましたよ」

了然尼は微笑《ほほえ》みながら言い、露寒軒が屋敷の庭に実った梨を届けてくれたのだと続けた。

「おすそ分けのお礼というわけでもないのどすが、わたくしも今日穫ったばかりの棗の実を差し上げましたのや」

「それで、この歌を思い出されたというわけですね」

「その通りどす」

了然尼は満足そうにうなずいた。

「あまり思いつめて、大事なことが見えなくなるのもつまらぬことどすえ」

了然尼は優しく諭《さと》した後で、

「明日はいただきものの梨を、この庵《いおり》の棗と一緒に、照月堂はんへ届けなはれ」

と、なつめに勧めた。

「はい、そういたします。棗は菓子の材料としても使ってもらえるかもしれません。梨は……水気が多くて難しいかもしれませんが……」

なつめが言うと、了然尼は笑い出した。

「梨はそのままいただいてもおいしゅうおますし、棗は薬にしてもよろしいやろ。わたくしは菓子に使うていただくためにお持ちせよ、と申したわけやありまへんえ」

了然尼から言われて、なつめは一瞬後、口もとに袖を当てて笑い声を上げた。

「ほんとうに……。私ったら、何でもかんでも菓子につなげてしまっていたのですね」

薬といえば、おまさの顔色の悪さが思い出された。疲れた体の快復に、棗は効くのではないか。

空には、十日の月がそろそろ中天に差しかかろうとしている。縁側に置かれた二つの皿には、ほんの少しいびつな月見団子が合わせて三つ残っていた。

三

翌十一日の朝、照月堂へ出かける前、棗の木の前で手を合わせたなつめは、いつものように兄の無事を祈った後で、

（この棗の実を、照月堂さんにお届けしたく存じます）

と、付け加えた。

（照月堂のおかみさんのお加減が、この棗のお蔭《かげ》で持ち直しますように――）

そう祈った後、梨と棗を包んだ風呂敷を抱えて、なつめは照月堂へ向かった。

「何てまあ、立派な梨の実だこと。それに、棗なんてなかなか手に入らない貴重なものを」

風呂敷を開けたおまさは、その中身を見るなり、明るい声を上げた。そのせいか、顔色

までも少しよくなったようであるが、よく見れば積もった疲労の翳りは残っている。

「なつめって、なつめお姉ちゃんのこと？」

おまさの腰の辺りには、亀次郎がまとわりついていて、暗赤色の皺《しわ》の寄った木の実と、なつめの顔を交互に見比べながら、不思議そうな顔をしている。

「棗っていうのは、この実のことだよ」

郁太郎が弟に説明した。

「でも、これはお薬なんだよね。前に、おいらが風邪をひいた時、おっ母さんがお湯に入れて飲ませてくれたよね」

「そうそう、よく覚えているねえ、郁太郎は」

おまさは嬉しそうに目を細めて、郁太郎を見つめた。その後、

「梨はこのままいただくけれど、棗の実はやっぱり干しておくのがいいんでしょうねえ」

と、なつめに目を戻して尋ねる。

「ええ。干してからお茶にしたり、蜜に漬けたりするのがよくある食べ方ですが……」

そう言いながら、それではこの棗がおまさの口に入るまでには時がかかってしまうということに気づいて、なつめは己の迂闊《うかつ》さを恥じた。おまさには少しでも早く棗を食べてもらいたいのに……。

大休庵では毎年のように、棗の蜜漬けを作っていたし、お茶にしたものも保存されている。たぶん、まだ昨年のものが残っていたはずだ。明日は、了然尼の許しを得た上で、そ

れをおまさのために持ってこようと、なつめは胸に刻み込んだ。

そうして梨と棗をおまさに託した後、なつめはその場にいた子供たちを連れて、手習いをする二階の部屋へ向かった。

最近は亀次郎も観念したのか、少なくとも決められた間はきちんと机の前に座り、絵ではなくて字を書くようになった。

今日はその亀次郎の手本に、「なし」「くるみ」「なつめ」と書いてやる。

「なつめお姉ちゃんだー」

亀次郎は手本の中になつめの名が入っていることに喜んで、さっそく練習を始めた。

一方、郁太郎の手本には、昨日、了然尼から教えてもらった歌を書いた。

「これは、歌というものです。五、七、五、七、七の区切りがあるんですけれど、分かりますか」

と、郁太郎に尋ねてみると、歌留多《かるた》で見たことがあるという。

郁太郎が歌の意味を訊くので、なつめはそれに答え、ついでに梨と胡桃と棗が隠されていることも説明した後、ひらがなばかりで書かれたその歌を書き写すよう指示した。

郁太郎は言われた通り、その後は熱心に手本を書き写している。

子供たちの字の具合を、時折見てやりながら過ごしているうち、いつの間にか、店を開ける頃合いになっていたらしい。

それから、もうしばらくすると、安吉が裏の仕舞屋の方に現れた。

「なつめさん、いるかい？」

おまさに聞いたのか、なつめたちのいる二階の部屋を探し当てて、安吉はやって来た。

「安吉お兄ちゃん」

さっそく遊び相手が現れたと、亀次郎が筆を投げ出した。どうやら、手習いにもそろそろ飽き始めてきていたようだ。

「ちょいと待ってくれ、坊ちゃん。今は忙しいんだ」

いつになくそっけない安吉の態度に亀次郎は膨れたが、安吉はかまわずになつめに目を向けた。

「番頭さんが急いで店の方に来てくれって言ってる。おかみさんにはさっき下で会った時、俺の方から知らせておいた」

安吉がそう言うので、なつめは急いで階段を駆け下り、いったん裏庭へ出た。店の裏口から中へ入り、厨房ともつながった廊下を通って、店の表の方へ向かう。

「番頭さん、私をお呼びと伺いましたが……」

暖簾《のれん》から顔を出すと、

「ああ、なつめさん。待っていたよ」

と、太助が救われたような顔で言った。

何事かと思いながら、同時に店の中を見回すと、客が一人いる。その客の顔を見るなり、なつめは太助の前であることも忘れて、驚きの声を発していた。

「戸田のおじさま！」

「やはり、ここにいたのじゃな」

客の老人が深みのある声で言い、なつめに穏やかな顔を見せる。

客は昨日、大休庵に了然尼を訪ねた戸田露寒軒であった。

なつめは梨の礼を言い、昨日は会えなくて残念だったと挨拶した。

「いや、そなたが毎日、駒込の菓子屋へ通っていると聞いたので、それならばいっそ店へ訪ねてみようと思い立った。わしの悪友が菓子に目がないのでな。まあ、ついでに買っていってもよいと思うておる」

「ようこそおいでくださいました。番頭さん、今日のお勧めのお品を教えてください」

なつめが太助に目を向けて尋ねると、太助は慌てた様子で「いやいや、なつめさん」と手を横に振った。

「戸田さまのようにご高名なお方を、お立たせしたままというわけにはいきません。お暇がおありでしたら、どうか座敷の方へ上がってくださいまし。茶菓のご用意もいたしますし、何より、手前どもの主《あるじ》久兵衛より、ぜひともご挨拶させていただきとう存じます」

太助がこれ以上はできないというくらい、謙《へりくだ》った物言いをすると、露寒軒は「さようか」とまんざらでもなさそうな顔つきになった。

「それ、なつめさん。戸田さまをご案内してくれ」

太助から促され、なつめは露寒軒を奥の部屋へと案内した後、厨房へと向かった。

久兵衛はすでに安吉を通して、事を聞かされていたらしい。なつめが戸を開けるなり、

「戸田露寒軒さまがお越しなされたというのは、本当か」

と、久兵衛が険しい顔で訊いた。

「はい。ところで、旦那さんは戸田さまのことをご存じなのですか」

いつになく緊張した久兵衛を不思議に思いながら、なつめが問うと、

「無論だ」

と、久兵衛はややかすれた声で答えた。

「歌詠みとして知られていらっしゃるが、ご本も出しておられるからな。江戸にお住まいとは知っていたが、お会いしたいと願ったところで、たやすくお会いできるお方でもない。そのお方がこの照月堂に足を運んでくださるとは――」

久兵衛は長年の友、いや、長年離れていた主君に再会するかのような、感極まった様子でしゃべっている。

やや大袈裟な――とは思ったが、なつめとしても、昔からよく知る露寒軒が、こうも大事に思われていると知って悪い気はしない。

「戸田さまはただ今、お座敷の方へお通しいたしました。茶菓のご用意はどういたしましょうか」

なつめが言うと、久兵衛はいつになく慌てふためき、「おお」と言った。

「生憎《あいにく》、今日は主菓子を作っていない。戸田さま相手に、餅や団子をお出しするわけにも

いくまい」

困惑した様子の久兵衛を前にした時、なつめの頭にあることが閃《ひらめ》いた。

「それでしたら、望月のうさぎをお出しするわけにはまいりませんでしょうか」

味については申し分ないものだし、思い入れの深い菓子を、ぜひとも露寒軒に味わってほしかった。

「しかし、餅菓子では失礼ではないだろうか」

「餅菓子といっても、ただの丸餅ではなく、形に工夫がございますし、見た目も楽しんでいただけると思います。それに、戸田のおじさまは、その菓子の格で、人を見るようなお方ではありません」

なつめがさらに熱心に勧めると、久兵衛もその気になったらしい。

「なら、望月のうさぎにするか。まだ店に出す前のが厨房にあったはずだ。安吉、お前、あの中から特に形のよい品を選んで――」

と、そこまで言った久兵衛は「いや、やはり俺が選ぶ」と言い直して、自ら厨房の奥へ戻った。茶を淹《い》れる道具も厨房に用意されているというので、なつめはそこで茶の仕度をした。

厨房の中へ足を踏み入れるのは、〈辰焼《たつや》き〉作りを見せてもらった時以来のことである。

入った途端、もわっと顔に押し寄せる熱気と独特の甘いにおい――なつめはそれを余さず汲《く》み取ろうとするかのように、目を閉じて大きく息を吸った。この暑さやにおいが苦手な人もいるのだろうが、なつめはむしろ仕合せな気分になる。

いつまでもそうしていたいが、そうもいかず、急いで茶を淹れると、久兵衛の選び抜いた望月のうさぎを、その白さが映えるように黒い陶器の皿に盛った。それから、なつめは久兵衛と一緒に、露寒軒の待つ小部屋へ取って返した。

「長らくお待たせして申し訳ございません。照月堂の主、久兵衛と申します」

久兵衛は座敷へ入ると、障子の近くで深々と頭を下げた。

「これは、丁重な挨拶痛み入る。わしは本郷の戸田露寒軒じゃ」

露寒軒はいささかもったいぶった口ぶりで言い、豊かな顎鬚《あごひげ》をおもむろに撫《な》ぜた。

なつめが露寒軒の前に茶碗と菓子を置き、

「これは、主が拵《こしら》えたもので、〈望月のうさぎ〉という餅菓子でございます。どうぞお召し上がりくださいませ」

なつめは露寒軒に菓子を勧めてから、久兵衛の横に座った。

露寒軒は観察するような目で、うさぎの餅菓子を眺めていたが、

「この菓子は何ゆえ、〈望月のうさぎ〉というのか」

と、食べる前にまず尋ねた。

久兵衛がなつめに目を向け、お前が答えるようにと促してくる。そこでなつめは、この菓子が元は京で〈最中の月〉という名で売られていたこと、ところが、江戸では〈最中の月〉といえば丸い煎餅として知られている事情などを話した後、

「そこで、紛らわしさを避けるため、こちらの店では菓銘を変えることになったのですが、それに合わせて見た目も変えたのでございます。と申しても、形も味もほとんど元のまま、ただ表面にほんの少しの細工を加えただけでございますが」

と続けて、説明を終えた。

最中の月――つまり中秋の名月と、望月――満月との関連については、くどくどと説明しなくとも、露寒軒には分かるはずである。

「なるほど、うさぎの形に『もちづき』とは、よう考えられておる」

案の定、露寒軒は菓銘と菓子の見た目の妙に気づいたらしく、感心した様子で呟いたのち、餅を手に取り、ゆっくりと口に運んだ。

「江戸の菓子屋に大した菓子はないと思うていたが、悪うない」

一口食べた後で、露寒軒はおもむろに感想を述べた。

聞きようによっては失礼な言葉であったものの、露寒軒から悪くないと言われただけで、久兵衛は舞い上がってしまったのか、かしこまっている。

「それにしても、この菓子は伝統に従い、中秋の晩に食べるのが似合いのものじゃな」

伝統というのは、〈最中の月〉がかつて宮中の月見の宴に供されたことを言っているのだろう。

「ですが、近ごろは皆、お月見には団子を食べるようでございますので」

今度は問われたわけではなかったが、なつめはつい口を出してしまった。

望月のうさぎがまさにこの時期、皆に買ってもらえないことへの無念さが、口調からにじみ出てしまう。だが、それは照月堂の抱える悩みでもあったし、露寒軒の意見を聞いてみたいという気持ちもあったのか、傍らの久兵衛に気分を害した様子はなかった。

「ふむふむ。確かに、近ごろは月見団子を食べるのが習いのようじゃな」

露寒軒は、自分もまた、望月のうさぎを食べるまではそう思っていたことに気づかされたのか、顎鬚に手をやりながら、しきりにうなずいている。その後、考え込むように目を閉じた露寒軒は、ややあってから、目を開けるとおもむろに口を開いた。

「確かに、一度習いになってしまったことを覆すのは難しい。丸い煎餅が〈最中の月〉と呼ばれるようになったのを、昔のあり方に戻すのが難しいように、じゃ。されど……」

息も止めて、露寒軒の言葉に聞き入っていたなつめは、そこで間を置かれたため、思い出したように深呼吸をした。どうやら、久兵衛も傍らで同じことをしているらしい。

「花は盛りに、月は中秋をのみ見るものかは」

いきなり、露寒軒はひどくもったいぶった口ぶりで、難解なことを言い出した。

だが、その言葉が吉田《よしだ》兼好《けんこう》の手になる『徒然草《つれづれぐさ》』の一節を引き、さらに言い換えていることに、なつめはすぐに気づいた。

もとは「花は盛りに、月は隈《くま》なきをのみ見るものかは」といい、「桜の花は満開の時だけ、月は陰のない時だけを見るものなのか、いや、そうではあるまい」といったような意味である。

五分咲きや七分咲きの蕾《つぼみ》であっても、散り際であっても、花は美しいし、欠けたところのある月だって、雲のかかった月だって見る価値はある。

つまり、露寒軒は「月は中秋の名月だけではない」と言いたいのだ。

それだけのために、持って回った言い方をしたものだが、隣で幾度も深々とうなずいている久兵衛にも、露寒軒の言う意味が分かっただけでなく、ひどく感心しているのが明らかだった。

そんな久兵衛の様子に、露寒軒もまた満足している様子で、

「月見をするのは中秋でなくてもよかろう。わしとしては、冬の玲瓏《れいろう》たる月もまた、おつなものじゃと思うておる」

と、上機嫌に言い足した。

確かに、澄み切った冬の夜空に輝く冬の月は、怖いほど美しいことがある。

あるいは、春の朧月《おぼろづき》や、蛍と合わせて見る夏の月にも、魅力がないわけではない。

(望月のうさぎは、秋でなくたって、月見のお供としてふさわしいお菓子になるんだわ)

なつめはそのことに気づかされ、ふっと気持ちが楽になるのを感じた。また、改めて考えてみようと前向きな気持ちになる。

そんななつめに目を向けながら、

「わしはこのなつめが小さき頃から知っておるが、菓子屋で奉公していると聞いた時には驚いたものじゃ」

と、露寒軒が不意に言い出した。久兵衛は相変わらず、かしこまった様子で露寒軒の言葉に耳を傾けている。

「すでに没落したとはいえ、武家の娘が菓子屋とは、とな。ようあの了然尼殿が許したものよ、と――」

自分のことなので、うつむきながら聞いていたなつめは、話がそこに及んだ時、あっと己の不覚を悟った。

了然尼のことを久兵衛には内密にしているのだと、前もって露寒軒には話していない。事情を知らぬ露寒軒がなつめや了然尼のことを話題に持ち出すのは、当たり前といえば当たり前であった。

「えっ、了然尼さま、ですと？」

久兵衛は初め聞き違いかと思ったらしく、怪訝《けげん》な表情を浮かべた。

「おぬし、了然尼殿とは会《お》うたことがあるのか」

「い、いえ。直《じか》にお目にかかったことはございません。あの、京で東福門院《とうふくもんいん》さまにお仕えしていた、あの了然尼さまのことでございますよね」

「さようじゃ」

露寒軒の返事から、自分の聞き間違いではなく、世間で評判高いあの了然尼のことだと分かった時、久兵衛の顔は蒼白《そうはく》になった。

「あの見識のある了然尼殿が、娘のように思うておる者を菓子屋へ行かせているというから、どんな店かと思うておったが……」

「戸田のおじさま。私の方から菓子職人になりたいと押しかけたのでございます。ですから、このことは了然尼さまとは関わりございません」

「まあ、この店へ参って、小さいながらも誠実な菓子を作っておることが分かった。それに、茶席の主菓子であれば、教養や学識の使いどころもあろうし、美しいものを見る目も養われよう。これ、菓子屋よ」

何と、露寒軒は久兵衛のことをそう呼んだ。

「は、ははあ」

久兵衛は文句も言わず、かしこまって頭を下げている。

「この娘のこと、しかと頼み置くぞ。なつめはわしにとって大事な友の養い子じゃからの」

なつめが望んでいる菓子職人ではなく、女中として働いていることまでは、どうやら露寒軒の耳には入っていないらしい。もしそれを知れば、ここで久兵衛に何を言い出すか分からなかった――と、なつめはほっと胸を撫で下ろした。

そんななつめの動揺と混乱も、久兵衛の茫然《ぼうぜん》としたありさまも、露寒軒はどこ吹く風である。望月のうさぎを平らげ、言いたいことだけ言ってしまうと、帰ると言い出した。

座敷を出て店の表へ戻った露寒軒は、太助に銭を渡し、うまいものを見繕って包めと命じている。

太助は大慌てで、その日出ていた蒸籠《せいろ》の菓子をすべて数個ずつ包み、露寒軒に手渡した。

「では、達者でな」

露寒軒は見送りに出たなつめに言い、悠々とした足取りで、本郷の方へと帰っていった。

久兵衛と太助も店の外まで見送りに出たが、いつまでも深々と頭を下げている。

ようやく露寒軒の姿が見えなくなった後、久兵衛は大きな息を吐き出した。

「あの、旦那さん――」

了然尼のことをきちんと話さなければならないと思うが、久兵衛はなつめに声をかけられたのも気づかぬふうであった。その後もなつめの方を見ようともせぬまま、どことなくおぼつかない足取りで厨房へと戻ってゆく。

露寒軒が去った後の照月堂は、まるで嵐が通り過ぎたかのようであった。

四

その日の夕餉の後、久兵衛は市兵衛をつかまえ、話があると切り出した。

「今日、戸田露寒軒さまが店へお越しになられた」

「それは、あの歌人として知られた戸田さまのことかね」

市兵衛はその話に目を丸くしたものの、

「名のあるお方にうちの店を知っていただいたのは、よいことだ。近いうちに、思いがけない客が来ると占いに出ていたが、このことだったか」

　と、嬉しそうに付け加えた。

「確かに、戸田さまがお越しくださったのはありがてえ話だ。けど、問題はそこじゃない。戸田さまはなつめの知り合いだった」

「ほう、そうかね」

　市兵衛の反応はあっさりしたものだった。といって、二人の関わりを事前に知っていたわけではないから、嘘《うそ》を吐《つ》いているようなそぶりも見えなかった。

「なつめは戸田さまとお親しい了然尼さまのところにいるそうだ。しかも、没落した武士の娘なんだとか。親父はこのことを知っていたのか」

　それまで市兵衛に探るような目を向けていた久兵衛が、急に責めるような声を出した。

「な、何。武士の娘だって？」

　知っていたのだろうと、その目は言っている。

　市兵衛はうろたえた声を出した。

「そりゃ、了然尼さまのことは本人から聞いていた。しかし、おそばにいると言っていたから、弟子か女中なんだとばかり思ってたが……」

「何で、了然尼さまのこと、俺に黙ってたんだ」

「それは、なつめさんと約束したからさ。お前はなつめさんが了然尼さまと縁があると知れば、多少不満でも、なつめさんの願いを聞き入れるに違いねえ。けど、なつめさんはそれじゃいけねえと思ってる。自分の力でお前を認めさせてえと思ったんだよ」

自分の方から、最後の切り札として取っておこうと持ち出したことは伏せたまま、市兵衛はなつめの気持ちだけを代弁して告げた。久兵衛は不機嫌そうな表情のままではあったが、あえてそれ以上文句を言おうとはしない。

そうして久兵衛が口を閉じた後、市兵衛は話を変えた。

「まあ、この際、それは措《お》くとして、なつめさんが武士の娘だということは私も知らなかった。それじゃあ、なつめさんは了然尼さまの何だっていうんだ」

「娘のように思ってるとか、戸田さまはおっしゃっていたが……」

「なるほど、武家の出ならば、そういうこともあるだろうな」

市兵衛は納得したようにうなずいた後、

「しかし、没落した家なら、実家から文句を言ってくることもあるまいし、了然尼さまさえ許していらっしゃるなら、そう気にすることはないんじゃないかね」

あっさりと続けた。なつめの出自に驚きはしたものの、久兵衛ほど衝撃を受けているわけでもなければ、困ったことだと思っている様子も見えない。

久兵衛はますます苦い顔つきになった。

「そういうわけにはいかねえだろう。武士の娘を女中として使ってるなんて知られりゃ、何て不遜《ふそん》な店だと言われかねん。俺はこれから、お武家衆が茶席で召し上がるような主菓子を作っていきてえんだ。その足を引っ張るような真似《まね》をされると困るんだよ」

「別に、私だってなつめさんだって、お前の足を引っ張ろうなんてつもりは、さらさらないがね」

動揺を隠し切れない久兵衛を前に、市兵衛は慎重な口ぶりで言った。

「大体、私の占いからすれば、なつめさんはうちの店の福の神に違いねえんだがなあ」

ふだんは数字から卦《け》を立てる市兵衛の梅花心易《ばいかしんえき》を信じている久兵衛も、今度ばかりはそのまま受け容《い》れるわけにいかないと思っているのか、無言のままである。

「ま、そんなに気になるのなら、了然尼さまをお訪ねして、直にお気持ちを確かめてみりゃいいじゃねえか」

「了然尼さまをお訪ねするだって！」

そんなことを考えもしなかった久兵衛は、頓狂な声を上げた。

「そう驚くこともないだろう。同じ駒込の内、大休庵にお暮らしだそうだ。私も中へ入ったことはないが、場所は分かるから、後で地図を描いてやろう」

市兵衛がそう言った時、久兵衛は考え込むような表情で黙りこくっていた。だが、市兵衛の提案に最後まで異を唱えることはなかった。

翌日、なつめは大休庵で作った棗の蜜漬けとお茶を持って、照月堂に向かった。

昨日のうちに久兵衛と話をしたかったが、露寒軒が帰った後、久兵衛はすぐに厨房に戻ってしまった。その後、なつめが帰る時まで厨房から出て来なかったので、顔も合わせていない。

そして、この日の朝も、久兵衛と顔を合わせることができなかった。

(何とかして、了然尼さまについて黙っていた理由を、お伝えしたいのに……)

おかしなふうに誤解される前に自分の口から説明したいのだが、どうも久兵衛から避けられているような気がしてならない。

昼餉の際は久兵衛も仕舞屋へ戻るので、その時こそ話をしようと待ち構えていたのだが、

「旦那さんなら、昼前にお出かけになられたぜ」

台所の脇で出くわした安吉から、そう教えられた。

久兵衛はこの日売り出す菓子すべてを、朝も早くから昼前までに作ってしまったとのことで、安吉も午後は自分の修業をするように言われているという。何の修業をしたらよいか尋ねたところ、自分で考えろと叱られたらしい。

「俺、せっかくだから団子を作る技を磨こうと思ってるんだ」

団子作りで少し褒められたことに気をよくしたのか、安吉はそんなことを言い出した。

「そう言えば、安吉さん。月見団子って、どんな形に作るんですか」

安吉の丸めた団子がいびつな形をしていたことを思い出して、なつめは何げなく尋ねてみた。

すると、安吉はそんなことも分からないのか、というかのように、ますます得意そうな表情になる。

「月見団子といやあ、満月を象《かたど》ってるんだぜ。真ん丸に決まってるじゃないか」

「そう……でしたか」

やはり――という言葉は喉の奥に飲み込んだ。

あの月見団子はわざとそうしたのではなく、たまたま安吉が作ったから、いびつな形になっていたのだ。

「団子の形がどうかしたのか？」

さすがに気になったのか、安吉が尋ねてきた。

「京の方では、月見団子といえば、里芋の形をしているんです。そのことをご存じなのかどうかと思って、訊いてみただけですよ」

そっけない口調で言い返すと、「へえ、そうだったのか」と安吉は素直に驚いている。

「けど、どうして急に京の団子の話なんかしたんだい？」

「京の団子と江戸の団子は違うというお話です。安吉さんは江戸の団子は真ん丸だと思ってたんですよね」

「そりゃあ、まあ、俺は江戸っ子だから……」

「でも、江戸の月見団子も真ん丸じゃなくて、少し形を崩すんです。枕団子と区別するために――。安吉さんが褒められたのはそのせいですよ」

「えっ、それって――」

そこまで言われて、さすがに自分の団子を丸める技に問題のあることに気づいた安吉が、顔を強張《こわば》らせた時であった。

台所の方で、ガラガラ、ガシャンと、金物が落ちるような音が響き渡った。なつめと安吉は顔を見合わせ、すぐにそちらへ向かって走っていった。竈《かまど》の前で、おまさが蒼白い顔をして突っ立っており、その前には鍋が二つほど転がっている。

「おかみさん」

なつめはすぐに土間へ下りて、おまさの体を支えるようにした。

「あっ、大丈夫。少し立ちくらみがしただけだから――」

「でも、おかみさん。昨日からお顔の色が優れませんよ。少しお休みになった方がいいと思います」

なつめが言うと、土間に転がった鍋を拾っていた安吉も、おまさに顔を向けて言った。

「そうですよ。今日は旦那さんもお出かけになってますし、坊ちゃんたちはなつめさんが見ててくれるんですから」

二人にそう勧められ、おまさもその気になったようであった。

「それじゃあ、夕餉の下拵えを簡単に済ませたら、そうさせてもらおうかしら」

「そうしてください。後で、棗茶と蜜漬けをお持ちします」

大休庵から持ってきたそれらは、朝のうちにおまさに渡してある。すぐに効果があるわけではないだろうが、今日、持参してよかったとなつめは思った。

それから、夕餉の仕度をするおまさを邪魔にならない程度に手伝い、おまさが引き揚げると、なつめたちも台所を後にした。

「おかみさん、大事ねえといいんだがな」

安吉が心配そうに言う。

「さっき言ってた棗茶と蜜漬けって、体にいいんだよな」

「ええ。薬として使われることもあるから」

とはいえ、薬と聞けば、たとえ体にいいと分かっていても、少しよくなれば油断して口にしなくなるものだ。また、たとえ苦くなくても、手に取るのが億劫《おっくう》になることもあるだろう。

（お菓子みたいに楽しみながら、薬を体に摂ることができればいいのに）

ふとなつめはそう思った。おいしくて、体にもいいお菓子――。

それなら、楽しく食べられる上、養生にもなる。

（旦那さんなら、棗の実をうまく使ってお菓子にしてくれるのかもしれないけれど……）

その肝心の久兵衛は、生憎出かけているという。残念だと思う気持ちがついなつめの口を滑らせた。

「棗のお菓子があれば、おかみさんにも毎日おいしく食べていただけると思うのだけれど……」

「それ、それだよ！」

安吉に聞かせるつもりでもなかったなつめの言葉に、安吉は飛び上がらんばかりの大声で反応した。

「それって何ですか」

「なつめさん、その蜜漬けっての、ちょっと分けてくれないか。俺、今日、それを使った菓子作り、考えてみようと思うんだ」

「考えるって、安吉さん、団子作りの修業をするんじゃなかったんですか」

なつめは目を丸くして訊き返した。

「おかみさんが大変なんだ。そんな時、自分のことばっか言ってられねえよ」

いや、安吉がいくらやる気を出したところで、おまさのためになるものがすぐに出来るとは思えない。が、昂奮《こうふん》している安吉を前に、つい言い返す機を逸してしまった。

「蜜漬けの実を入れる器を厨房から取ってくるからさ。用意して待っててくれよ」

安吉はそう言うなり、一気に駆け出していってしまう。

慌ただしい突風のようなその動きを、なつめは半ば茫然と見つめていた。

五

あれは、棗の木か。暗赤色の実が生《な》っているのを垣根越しに見つめ、久兵衛はそこが大休庵であることを確信した。枝折戸まで来て、いささか怖気《おじけ》づきそうになったのを無理に奮い立たせ、久兵衛は敷地に足を踏み入れる。

庵の木戸で足を止め、「御免なすって」と声をかけると、戸の中からではなく、外の庭の方から老人が現れた。

「どなたさんかね」

六十に手が届くかどうかと見えるが、足腰は曲がっていない。おそらく飯炊きの老人なのだろう。

「私は照月堂という菓子屋の主だ。こちらのなつめ……さんに来てもらっている。それで、了然尼さまにご挨拶に伺ったのだが……」

そう説明すると、老人は了解したようにうなずき、戸を開けて久兵衛を中へ通した。

久兵衛が草鞋《わらじ》を脱いでいる間に、老人は「お稲、お客人だ」と奥に向かって声をかけた。すると、「はあい」という返事に遅れて、老女が一人、足を拭う盥《たらい》の水と手拭いを持って現れた。

お稲は久兵衛の来訪を告げるため、いったん下がっていったが、ややあって戻ってくると、奥の部屋へ案内してくれた。

久兵衛は自分の店の菓子だが、と断り、栗鹿《くりか》の子《こ》の包みをお稲へ渡した。

了然尼のいる居間は、障子を通して外の光が存分に入り込む明るい部屋であった。了然尼は脇息《きょうそく》に肘《ひじ》をのせて寛《くつろ》いでいる。

久兵衛はうつむいたまま前へ進み、膝をついて座ると、額を畳につけて挨拶した。

「照月堂の主、久兵衛にございます」

「了然どす。なつめはんがえろう世話をかけてますなあ」

柔らかな京ことばが降り注いでくる。何と美しい声なのだろうと思いつつ、なつめという言葉に、久兵衛は反応した。

そのことでございますが——切り出そうとして、思わず久兵衛は顔を上げ、そして息を止めた。

知っていたこととはいえ、目の前の了然尼の顔に、胸が切ない悲鳴を上げたのである。

(こんなにも美しい方が……)

了然尼の右頰の傷痕《きずあと》を見れば、想像していた以上に痛ましく惨《むご》いと思わずにいられなかった。だが、醜いという思いは湧《わ》かなかった。

傷痕があっても、了然尼という女人は全体として美しい。いや、そもそも生まれながらの美貌も傷痕も、了然尼という人を語るのに深い意味はないのかもしれない。その魅力のもとは、内側からにじみ出るものの中にあるのだろうから——。

「お店の方はええのどすか」

なつめのことを切り出す前に、了然尼が尋ねてきた。

「へえ、お心づかい、ありがとうございます。しかし、今日の分はもう拵えてまいりました。明日は十三日ですから、店を抜けられませんが」

十三日は月見団子が多く出るので——と言い忘れたことに気づいたが、了然尼はすぐに察したようであった。

「十三夜いうたら、ほんまは後《のち》の月《つき》、九月十三夜のことをいうもんどすが、近頃は八月十三夜もお月見をするようどすなあ」

物言いは相変わらず柔らかなものであったが、八月十三夜の月見は理に合わぬ――そう言われたのかと、久兵衛は焦った。

「やはり、よくないことでしょうか。八月十三日に月見団子は出すべきではない、と?」

久兵衛の言葉に、了然尼は微笑みながら首を横に振った。

「そないなこと言うてまへん。十三夜の月は八月やろと九月やろと美しいもんどす。美しいもんもおいしいもんもただ、そのまま味わえばええのやと、わたくしは思いますえ」

美しいもんもおいしいもんも――その言葉はまっすぐ久兵衛の心に届いた。

美しい月を愛《め》でる心とおいしい菓子を味わう心――それらをありのままに受け止めて楽しむのこそ、月見の醍醐味《だいごみ》だということだろう。

(さすがは了然尼さま。思った通りのお方だ)

久兵衛がそう思っていると、先ほど案内してくれたお稲という老女が、久兵衛が持参した栗鹿の子と茶を持って現れた。

「お客さまからのいただきものです」

お稲の言葉に、了然尼の口から「まあ」という声が漏れた。

「きれいやこと」

うっとりと呟く了然尼は、まるで少女のように久兵衛には見えた。

「いただきます」

了然尼が黒文字《くろもじ》で菓子を切り、口もとに運ぶのを、久兵衛は我を忘れて見入ってしまった。菓子を口に入れた後、了然尼の表情は見る見るうちに明るくなってゆく。

「おいしゅうおますなあ」

了然尼の言葉を耳にした時、知らず知らずのうちに止めていた息を、久兵衛はようやく吐き出した。これまで菓子を作り続けてきてよかったと、心から思った。

「今日は、御用があって参られたのですやろ」

菓子を食べ終えて一服ついたところで、了然尼が切り出した。久兵衛は顔を引き締め、手を畳の上につけた。

「そのことでございます。なつめ……いや、なつめさんをうちでお預かりしてよいものかどうか」

言葉を選びながら、久兵衛はようやくそれだけ言ったが、

「よいも悪いも、あの子自身がそれを望んでますさかいなあ」

了然尼の口の利きようは、それまでと変わらず、穏やかなものであった。

「しかし、お武家の出と聞きました。私はそれとも知らず、うちの倅《せがれ》たちの守《もり》などをさせております。また、いずれは菓子作りをしたいとも話していて……」

「あの子の出自や、女子《おなご》に生まれたことが、菓子を作るのに何ぞ問題でも――？」

「そ、それは……」

「無論、出自や男女の別は、おのずとその人の行く末を決めるもんどす。けれど、そういう窮屈な中で生きていくのを、苦しいと思う者もおるんどす」

それは了然尼自身のことなのだろうかと、久兵衛は推測した。

美貌の女人であることを理由に入門を断られた時、顔を焼いたというのは、生まれ持ったもので行く末を狭めようとする世間への痛烈な抗議だったのではないか。

そうだとすれば、了然尼はなつめには思うさま生きてほしいと願っているのかもしれない。出自にも、男女の別にさえこだわることなく――。

「わたくしはあの子に何にでもなれると教えてきたのどす。あの子は少し複雑な生い立ちのある子どすゆえ」

「複雑な……？」

「あの子は幼くして二親を亡くしたんどす。ただ一人の兄は、生死のほども分かりまへん。生家は断絶しましたが、二親の亡くなり方がふつうではなかったゆえ、親戚たちもあの子を引き取るのを嫌がりましてなあ。京から遠い江戸にいたわたくしが引き取ることになったんどす」

「……驚きました」

そんな複雑な生い立ちの娘にはまるで見えなかったので――と続けそうになった言葉を、久兵衛は胸に呑《の》み込んだ。

郁太郎と亀次郎に対するなつめの優しさや濃《こま》やかさ、二人の子供たちがすぐになつめになついたことが自然と思い起こされた。家に弟や妹がいて、面倒を見ることに慣れているのだろうと勝手に想像していたが、実際はまるで違っていたのだ。

複雑な境遇にもかかわらず、なつめの心根がまっすぐなのは、了然尼の慈しみや導きによるものなのだろうと、久兵衛は想像した。

「二親の死により、あの子の行く末はうんと狭められました。あのまま京におれば、父母の菩提《ぼだい》を弔えということで、尼寺に入れられていましたやろ。けど、わたくしは尼になるにせよ、どなたかの妻女となるにせよ、あるいは才や技を磨くにせよ、あの子自身の手で選んでほしかった。何にでもなれる、何になってもええ——そう言い続けたわたくしの言葉を、まだ幼かったあの子はそのまま受け取ったんですやろ。興味や関心の赴くまま、いろいろなもんになりたいと言い出しました」

「いろいろなもんに……？」

「尼や歌詠みや絵描き……数え上げたらきりがありまへん。おかしいですやろ。女子があれになりたい、これになりたい、など。その上、その気持ちはふた月か三月ですぐに変わってしまうんどす」

「はあ、ふた月で——」

ならば、菓子職人になりたいという気持ちももうすぐ消え失《う》せるのか、と久兵衛は思った。

だが、それならばそれでかまわない。もともと女子が厨房に入るなど、望ましいことではないのだから。それまでは好きにやらせてくれ——と了然尼から頼まれたなら、それは受け容《い》れようと久兵衛は考えた。

「移り気の激しい子、そう言うてしまえばそれまでどすが、もしや己というものから逃げていただけやもしれまへん。一つところに留まれば、どうしても己と向き合わねばなりまへんやろ。どないしたところで、己の来《こ》し方《かた》から目を背けるにはいかへんさかい」

了然尼が何を言わんとしているのか、久兵衛には分からなくなった。

「今のなつめはんは、ほんまになりたい道を見つけたのやと思います。これから、どないにして己や過去と向き合うのか、わたくしにも見当がつきまへん」

久兵衛がどう言葉を返せばよいのか、まるで分からずにいた時、

「照月堂はんは何で、なつめはんを店に置かはったんどすか」

不意に、了然尼から問いかけられた。

「あの子の過去は知らなかったと思いますが、そもそも職人になりたいなんて言う娘は、面倒ですやろ。子守の女中はんなら、他にも見つけられたはずどす。それやのに、何であの子だったんですやろ」

「それは……」

久兵衛は頭の中を整理しながら、ゆっくりと答え始めた。

「うちの親父や女房がなつめさんを気に入ってましたし、倅たちもすぐになつきました。職人になりたいなんて言い出さなけりゃ、うちとしてはぜひ来てもらいたいお人だったん

です。……職人ってのは、どうにも受け容れがたい話でしたが、まあ様子を見ようって話になりました。その後、心を決めたのは、〈最中の月〉の元来の姿を残しつつ、新たに生まれ変わった菓子に〈望月のうさぎ〉って菓銘をつけたあの閃き《ひらめ》に、驚かされたせいでございます」

あれは一朝一夕で身につけられるものではない。自分は京で修業していた際、茶道や歌道、俳諧などもかじったが、そうした感性を磨くことはできなかったと、久兵衛は正直に述べた。

「私はなつめさんの閃きを半ばうらやみ、店に置いてみようという気にもなったのです。今は、なつめさんのその才が了然尼さまの薫陶《くんとう》によるものだと分かり、なるほどと納得いたしました」

「照月堂はん」

了然尼は改まった様子で言うと、不意に手を前につき頭を下げた。

「なつめはんを職人にしてくださいとは言いまへん。己の道をどう歩んでゆくか、決めるのはなつめはんや。せやけど、あの子を受け容れてくれはった照月堂はんは懐の深いお店やと思います。わたくしはそのことをありがたいと思わずにいられまへん」

「もったいねえお言葉です」

久兵衛は仰天して自らも額を畳にこすりつけながら、「どうか顔をお上げください」と、うわごとのように言い続けた。

「なつめはんは、ほんまにええお店を見つけたんどすなあ」

了然尼のほんわかした声を聞いた時、その心が自分の中に流れ込んでくるように、久兵衛には思われた。なつめには出自や男女の別さえ乗り越えていってほしい、と願う了然尼の大らかな心がありのままに――。

そして、その瞬間、迷いが晴れた。

了然尼と同じ心持ちで見守っていけばいいと、気づいたのである。

何にでもなれる――そう信じて、なつめが出自や女子であることの壁を乗り越えてゆくのであれば、自分もそれを見守ってやればいい。職人になるために立ちふさがる壁を乗り越えるか否かも、なつめ次第だろう。

なつめが女子であることや、その出自が武家であることにこだわってしまう自分の心持ちを、いきなり変えることはできまい。だが、少なくとも、尊敬する了然尼の心持ちは理解できたし、共感することもできる。

「なつめさんのことは、これまで通り、うちでお預かりしてよろしいでしょうか」

久兵衛が改めて尋ねると、了然尼は深々とうなずき、

「よろしゅうお頼み申します」

と、温かな声で告げた。頭を下げたままの久兵衛の緊張は、ゆっくりとほどけていった。

六

久兵衛が、出かける前とは打って変わった、すっきりした顔つきで照月堂へ帰った時、

「旦那さん！」

気配を聞きつけて仕舞屋の玄関口まで出て来たのは、なつめであった。

了然尼の許へ出向いていたのを市兵衛からでも聞いたのかと、つい身構えた気持ちになったが、なつめの声がどことなく緊張していたのは、そのことではなかった。

「おかみさんがたいそうお疲れのご様子で、お加減もお悪そうなので、休んでいただいてるんです」

医者を呼ぶ必要はないとおまさが言うし、熱もなさそうなので、特に処置はしていないが、昼からは横になってもらっていたのだと、なつめは告げた。今は眠っているというので、その部屋まで行って中をのぞいてみると、ぐっすり寝入っているようである。

確かに疲れているふうには見えたが、明らかに病人というほどでもなかったので、ひとまず久兵衛は安心した。

「夕餉の下拵えは、昼のうちにおかみさんが簡単に済ませておかれましたけれど、その後のことは何も調ってなくて……」

なつめは心配で居ても立ってもいられない様子だったが、あとのことは自分が何とかす

るからいい、と久兵衛は言った。そして、おまさはこのまま寝かせておいてやろうと、いったんその部屋を後にした。

いつも皆が集まる居間に入り、なつめと向き合って座ってから、久兵衛は改めておまさの世話をしてくれた礼を述べた。

「留守の間、苦労をかけてすまなかったな。安吉じゃ、おまさの世話をするわけにゃいかねえだろうし、お前がいてくれて助かった」

「いいえ、坊ちゃんたちもとても聞き分けよく、二人だけでちゃんと手習いをしてくれていたので、私も助かりました」

特に郁太郎がぐずる亀次郎をなだめて、よく面倒を見てくれたと、なつめは報告した。

それらが済むと、いったん二人の間に沈黙が落ちた。言うべきことを言ってしまうと、昨日から後回しにされてきた問題を、これ以上避け続けるわけにはいかなくなる。

「実はな」

先に口を開いたのは久兵衛だった。

「たった今、了然尼さまにお会いしてきた」

「えっ、了然尼さまに――」

何も知らなかったなつめはそれなり絶句した。

「了然尼さまの話を聞けば、俺がお前の望みを受け容れて職人として雇うんじゃないかと、親父と二人で話していたそうだな」

「確かに、了然尼さまのお名前は重い。俺は以前から、あの方を尊敬していたし、今日直にお会いしてみてその心はますます強くなった。で、お前はどうしてほしい？　了然尼さまのお名前に免じて、職人にしてほしいと思っているのか」

「いえ、それは……」

「いいえ、違います」

なつめは躊躇《ためら》いのない口ぶりで答えた。

「旦那さんは約束してくださいました。私が女中としての役をしっかりと果たし、望月のうさぎが店の売れ行きに貢献するならば、私を職人にすることも考えてやる、と。そのお約束を変えないでいただければありがたいと思います」

「そうか。俺もそうしたいと考えていた」

久兵衛は納得した表情を浮かべて言い、なつめもほっと安心した表情を浮かべた。

「それから、俺はそう器用じゃねえから、今さら態度を変えろと言われても難しい。その、つまり、お前が本来なら、こんなところで女中なんかしてる身分じゃねえって話だが

……」

「武家の出であることならば、お気になさらないでください。すでに家はないのですから、私はもう武士の娘ではありません」

「お前がそう言うのなら、俺もこれまで通りにさせてもらおう」

久兵衛がさっぱりした口調で言い、懸案だった話は終わった。そこで、なつめはもう一

つ気にかかっていたことを口にした。

「ところで、安吉さんなんですけれども……」

なつめは少し遠慮がちに切り出した。

「私、大休庵で穫れた棗の蜜漬けをおかみさんにお持ちしたんですけれど、それを使ったお菓子があればいいって思いつきを、安吉さんにしゃべってしまったんです」

それを耳にした安吉が勢い込んで、棗の菓子を作ると言い残し、厨房に入ったこと、それきり一度も厨房から出て来ないので、少し心配になっていることを、なつめは正直に話した。

「本当は旦那さんにお願いしたかったんですけれど……」

「安吉の奴が厨房から出て来ない――？」

久兵衛の顔つきがいささか不安げなものになっている。

修業をしろと言い残したものの、くわしい指図をしていかなかったのは失態だったかもしれない。厨房の中でも上等の砂糖や小豆《あずき》は絶対に使うなと厳しく言ってあるので、それらに手をつけてはいないだろうが……。

心配になった久兵衛は、すぐ見に行ってみようとなつめに言い残し、立ち上がった。

庭から通じている厨房の戸口の前に立ち、一応「入るぞ」と声をかけて、久兵衛は戸を開けた。

体に馴染んだ熱気と甘いにおいが身を包む。そのにおいの中に、酸っぱいような香りがなっている。

白い湯気の中から、安吉の声がした。厨房の中では、久兵衛のことを親方と呼ぶ習いに

「あっ、親方――」

混じっていた。

安吉の声は妙に昂奮して甲高かった。久兵衛は不安をかき立てられながら前へ進み、湯気が外へ出て行くのと目が慣れてくるのを待つ。

やがて、小豆の餡《あん》と棗の蜜漬けの果肉が飛び散った台の様子が、久兵衛の目に入ってきた。その前には、奮闘のあまりか熱気のせいか、顔を赤くした安吉が立っている。

久兵衛は溜息《ためいき》をついて、しばらくの間、その場に立ち尽くしていた。

八月十三日、多くの月見団子を売った照月堂では、翌十四日は団子の数を減らし、他の菓子も控えめに作る。明日の十五日にはどうせ団子を買うのだから――と買い控える客の胸の内を踏まえてのことだ。

おまさは立ちくらみを起こして横になった日の翌日にはもう起き出していたが、久兵衛は口入屋《くちいれや》に頼んで、十日ほどの間、もう一人別の女中に通ってもらうことにしたという。

朝から来て掃除などの雑用をこなし、昼餉と夕餉の仕度を調えたら昼の内に帰るという働き方であったが、それでもおまさは「ずいぶん楽をさせてもらって」と笑顔を浮かべた。

「それにしても、なつめさんがあの名高い了然尼さまのご親戚だったなんてねえ」

久兵衛から事情を聞いたというおまさは、驚きはしたものの、夫と同様、特になつめに対して態度を変えることはなかった。意を汲んでくれたのだと思うと、なつめは嬉しかった。

そして、この日、売り出す菓子を減らしたはずであるのに、久兵衛と安吉はずっと厨房にこもり切っている。その事情をなつめが知ったのは、郁太郎と亀次郎の口を通してのことであった。

「今日はねえ、なつめちゃんのお菓子の日なんだよ」

手習いの時、得意げな顔つきの亀次郎から打ち明けられた。すぐには何のことやら分からなかったが、くわしいことは郁太郎が説明してくれた。

「棗の実と白餡を混ぜて、新しい煉《ね》り切りを作るんだって」

「新しい煉り切り――？」

「うん。お父つぁんがいろいろ試して決めたんだって。安吉お兄さんが教えてくれた」

棗の実を使って、新しい煉り切りが生み出される。

郁太郎が安吉から聞かされた話によれば、小豆の餡と棗の蜜漬けを混ぜ合わせるところまでは、安吉が思いついたことらしい。だが、ふつうの小豆と棗の組み合わせはいささか合わなかったようだ。

白餡と混ぜ合わせることで、煉り切りにすることを思いつき、それを現実に作り上げられるのは、やはり久兵衛の技量あってのことであった。

「煉り切りって、白餡に色をつけて美しい形に仕上げるお菓子よね」

「お父つぁんはね。えっと、梅の花とか撫子《なでしこ》の花とか……えっと、それに……」

勢い込んだ亀次郎が、身を乗り出すようにしながら父の自慢を始める。

「牡丹《ぼたん》や杜若《かきつばた》の花も作ったことがあるよ」

亀次郎の後を受けて、郁太郎が言った。

「きれいねえ。目に浮かぶようだわ」

色とりどりの美しい花の形をした菓子。たとえ冬枯れの頃であっても、菓子を作る厨房ではたくさんの花を咲かせることができる。それは、何と豊かな世界なのだろう。自分の手で、そんな花々を生み出すことができたら、どれほど素晴らしく誇らしいことであろう。

そんなふうに、つい菓子の話にふけってしまうため、この日の手習いはあまり進まなかった。

そして、この日の夕方も間近の頃。

「なつめさん、ちょっと下りてきてちょうだい。郁太郎と亀次郎も一緒に――」

階下のおまさから呼ばれて、なつめは子供たちと一緒に一階へ下りた。

座敷へ入ると、市兵衛と久兵衛が奥に並んで座り、その左右におまさと太助が少し斜め向きに、安吉は市兵衛、久兵衛と向き合う形で座を占めている。

全員がそろっているということは、今日は早々に店を閉めてしまったようだ。

よく見ると、一人一人の前には、皿にのった菓子が置かれている。

安吉の隣に、菓子の置かれた席が三つあったので、なつめは子供たちと一緒にそこへ座った。

皿の上には、一輪の薄い黄白色の花と三つの暗赤色の実がのっていた。

（これは、棗の花と実――）

大休庵で見慣れていたから、なつめにはすぐに分かる。一瞬、暗赤色の実は本物の棗の実かと思った。が、よく見ればそれも煉り切りなのだ。無論、黄白色の花も菓子である。

「新しい煉り切りだ。皆の分あるから、まずは味見してくれ」

久兵衛の言葉で、皆、いっせいに皿を手に取った。

「花の方はいんげん豆の白餡に色つけしたものだが、赤い実には棗の果実が入っている」

久兵衛の説明は続いていたが、子供たちはもう菓子を口の中に入れている。

息子たちが説明を聞いていないと分かったのか、久兵衛は黙り込むと、黒文字を手に取った。

それで、他の者たちも食べ始めたのだが、不思議なことに、誰もが暗赤色の実の方を先に口に入れている。やはり、美しい形の整った花に黒文字を入れるのは切ないものなのだ。

（おいしい……）

棗の実で作った煉り切りは、甘酸っぱくさわやかな香りが口中に広がる絶品だった。

「なつめちゃんのお菓子、おいしい！」

亀次郎がはしゃいだ声をあげ、郁太郎も亀次郎相手に「うん、おいしい！」と笑顔を向けている。

「これはなかなか」

と、市兵衛と太助が顔を見合わせ、こちらも頬を緩めていた。

安吉は感慨深そうな様子で、菓子を口に含み、うっとりとした顔つきで味わっている。

そして、おまさは——。

「おかみさん」

なつめが声をかけた時、返事が一瞬遅れた。

暗赤色の実を一つ食べ終わったおまさは、自分でも気づかぬうちに目を潤ませていたようだ。

「えっ、ああ。なつめさん」

はっと我に返ったおまさは、目立たぬふうに袖口を目頭に当てた後、なつめに目を向けた。

「旦那さんはおかみさんのために、このお菓子を作ったのですよね」

久兵衛は絶対にそうは言わないだろうし、認めることもないだろうが、それに違いない。

いつも家を守ってくれるおまさのために、無理をしてつい働き過ぎてしまう女房をいたわるために——。

ふだんはあまり顔にも言葉でも感謝を示さない久兵衛が体によい棗の実を使って、菓子を作り上げたのだ。

なつめの声が聞こえていたはずであろうに、久兵衛は無視を決め込んでいる。

一方、なつめの言葉を耳にした亀次郎は、

「それじゃあ、これはなつめちゃんのお菓子じゃなくて、おっ母さんのお菓子なの？」

と、首をかしげながら、母となつめを交互に見つめてくる。

「そうそう――」

その時、菓子を食べ終わって至福の表情を浮かべていた番頭の太助が、ふと思い出したように切り出した。

「先日、季節の変わり目はどうも調子が悪い、とおっしゃっていたお客さまがいらっしゃいました。おかみさんに食べ続けていただきたいのはもちろんですが、そういったお客さまにも、ぜひともこの菓子を味わっていただきたい。いかがでしょうか」

「それはぜひともそうするべきだね」

市兵衛が太助の後押しをする。久兵衛は皆の反応にゆっくりとうなずいた。

「それでは、旦那さん。どうかこの菓子に菓銘をおつけください」

「ふむ」

太助から頼まれ、久兵衛は皿を置いて腕組みをする。

「菓銘はふつう作り手がつけるものだ。だが、これは、俺一人で作り上げたわけでもねえ。餡と混ぜるのを試したのは安吉だし、棗の菓子を作ることを最初に言い出したのは、なつめだそうだ」

そう言った後、久兵衛は安吉となつめにじっと目を向けた。

「この実は、なつめが持ってきてくれたものだと聞くし、ここは菓銘をつける役目をなつめに譲ろうと思うが、安吉、お前はどうだ？」

「へえ、そりゃあもう――」

元より菓銘をつけるなど考えてみたこともない安吉は、一も二もなく承知する。

「ですが……」

一方、なつめの方は困惑していた。

菓銘にそんな重々しい意味があったとは知らなかった。今改めて久兵衛からそのことを聞くと、恥ずかしさが込み上げてくる。自分は〈望月のうさぎ〉、〈辰焼き〉などの菓銘をつけ、半ば得意になってもいたのだ。

「私と安吉が言うんだからかまわん。それに、お前には菓銘の才がある」

久兵衛はいつになく穏やかな声でなつめに言った。それでも、なつめがなおも躊躇《ちゅうちょ》しているると、市兵衛と目が合った。

「心配要《い》らない。なつめさんはうちの店の福の神なんだからね」

「なつめさん、あたしからもお頼みします」

棗の実を誰より食べてもらいたかったおまさから、最後にそう言われ、頭を下げられた時、なつめの心の中は感謝の気持ちでいっぱいになった。

この店に入れてもらえてよかった、まずは子守の女中から頑張っていこう――と気持ちを新たにしたその時、ある一つの言葉が頭に浮かんだ。

「このお菓子は何より、おかみさんがお健やかであることを祈って作られたものだと思います」

自分が菓子を作ってほしいと言ったのも、安吉が拙い技で必死に作ろうとしたのも、おまさに元気でいてほしいという願いがあればこそだ。そして、久兵衛にとって、その思いは何よりも切実だったはず。

そうした思いを胸に、なつめは一度目を閉じ、深呼吸をした。それから、ゆっくり目を開けると、なつめは久兵衛に向かって背筋を伸ばし、

「〈養生《ようじょう》なつめ〉ではいかがでしょうか」

ゆっくりと告げた。自分の名前が入っているのが少し照れくさいが、材料だけでなく、菓子の形状に棗の花と実を使った久兵衛の思いも名前に入れたい。

「養生なつめ……」

郁太郎と亀次郎が同時に口に出して呟く。

「悪くねえ！」

叫ぶように言ったのは、安吉だった。市兵衛や久兵衛の前だったということに気づいて、

「すいません」と小声で謝ってから、

「悪くない……ですよね、親方？」

と、顔色をうかがうようにして問い直す。

「ああ、いい菓銘だ」

久兵衛は嚙《か》み締めるような口ぶりで言った後、お前はどう思うか、というような目をおまさに向けた。

「本当にぴったりの名前ですねえ」

おまさはしみじみとした声で、すぐにそう答えた後、

「あたしだけでなく、うちの店に来てくれるお客さまが、このお菓子で健やかになっていただければ、こんなにいいことはありませんよ」

と、嬉しそうに付け加えた。その目は再び潤《うる》みを帯びてきたようであった。

第二話　黒文字と筒袖

一

中秋の月見に合わせて団子を売った後の菓子屋は、ほんのちょっと息抜きが欲しくなる。八月は彼岸に合わせて〈萩《はぎ》の餅〉が多く出るし、九月に入ればすぐに重陽《ちょうよう》の節句。それに合わせて、菊の菓子を求める客も多い。

その後、すぐに後《のち》の月——九月十三夜がやって来て、また月見団子をたくさん作らなければならなくなる。

そんな忙しい時期を控えたほんの少しの気休め——というので、中秋の月夜の翌日は、照月堂もゆったりと寛いだ中で朝を迎えた。

夜明けと同時に起き出して、手早く朝餉《あさげ》を済ませすぐに厨房《ちゅうぼう》に入る久兵衛も、この日は厨房入りをいつもより半刻（一時間）ほど遅くするという。その分、安吉も朝をゆっくり過ごすことができるわけで、わずかだが骨休みになるはずだった。

そんな十六日の朝――。

なつめがいつものように照月堂の庭に続く枝折戸《しおりど》をくぐると、亀次郎にまとわりつかれたおまさが井戸で水を汲《く》んでいた。昼前までは、口入屋《くちいれや》に頼んだ女中が来てくれるはずだが、家の中の方にいるのかもしれない。おまさの顔色も決して悪くはなかったが、あまり無理をしてほしくなくて、

「おはようございます、おかみさん。お手伝いいたします」

と、なつめは井戸端に駆け寄った。ところが、水桶《みずおけ》に手をかけるより早く、

「なつめお姉ちゃん！」

と、亀次郎が飛びついてくる。

「おはようさんです、なつめさん。今日もご苦労さま」

おまさが水桶を地面に置き、腰を伸ばして挨拶した。なつめが水桶を代わりに持とうとすると、

「ああ、それよりなつめさん」

おまさがそれを制して言った。

「ちょっと二階へ上がって、安吉さんの様子を見てきてくれないかしら」

「安吉さん……？」

「安吉お兄ちゃんはさっきから大さわぎ」

亀次郎がどことなく楽しそうな声で言う。

まさか、たった五つの亀次郎から侮られているのではないか、とあきれながら、

「大さわぎってどういうことですか」

なつめはおまさと亀次郎を交互に見やりながら尋ねた。

「それがねえ。何か大事なものを失《な》くしちまったらしくて……」

おまさが困惑ぎみに答える。

「くろもじ、だよ」

亀次郎が例によって会話に割り込んできた。

「黒文字……？」

なつめの顔つきがますます訝《いぶか》しげなものとなった。

菓子を小分けにするのに使う黒文字は、菓子屋ではめずらしい品ではない。折ると芳香のある黒文字という木の枝から作ったもので、材料の木の名前がそのまま道具の名となったものだ。

さほど値の張るものでもないし、使用後、そのまま捨てられてしまうことも多い。それを失くしたくらいで、大騒ぎとは不思議な話であったが、

「とにかく、見に行ってあげて。そばに郁太郎をつけてあるけど、あの子だけじゃ心配だから」

おまさが追い立てるように言うので、なつめはわけが分からぬまま、仕舞屋《しもたや》の二階にあ

る安吉の部屋へ向かった。近付くにつれ、がさごそと何かを引っかき回す物音がひっきりなしに聞こえてくる。

「安吉さん。なつめですけれど、入ってもよろしいですか」

なつめは閉められていた戸口で声をかけた。物音はやまず、中から返事はない。

「安吉さん？」

もう一度、声をやや高くして呼びかけると、少ししてから戸がそっと開いた。

「なつめお姉さん……」

顔をのぞかせたのは郁太郎である。その表情はどことなくほっとした様子であった。

部屋の中は、泥棒にでも入られたかというくらい、床に物がぶちまけられている。安吉の持ち物がそれほど多くなかったのが救いだが、それでも、着物が何枚かぐしゃぐしゃのまま放り出されていたし、風呂敷も何枚か広げられ、手拭いやら歯磨き用の房楊枝《ふさようじ》やらが飛び出していた。

安吉は戸口に背を向けた状態で座り込んでいる。近付いて横からのぞき込むと、手拭いを一枚一枚広げながら、捜し物をしている様子であった。

「安吉さん、黒文字を捜しているって、おかみさんから聞きましたけど」

なつめが取りあえず床に散らばったものを横へ退《ど》けて座ってから、安吉に声をかけた。

「あ、ああ。なつめさんか」

今初めて、なつめが来たことに気づいたといった面持ちで、安吉が振り返った。その表情は今にも泣き出しそうで、気の毒なほど憔悴《しょうすい》している。

「黒文字を失くしたって、楊枝入れか何かに入っていたんですか」

黒文字を一本だけ持っていたというのは考えにくい。楊枝屋でまとめて買ったものを、楊枝入れの袋などに入れて持ち歩いていたのだろうか。

「ああ。楊枝入れの袋に、一本だけ入れてあったんだ」

安吉は途方に暮れたといった様子で、呟《つぶや》くように答えた。

「一本だけ……？」

訊《き》き返したなつめの言葉は耳に入らないとでもいう様子で、

「布で作ってくれたんだ、おその小母《おば》さんが……」

と、安吉は一人で呟き続けている。

「おその小母さんっていうのは、安吉お兄さんが昔、住んでいた長屋のお隣に暮らしていた小母さんなんだそうです」

見かねて、郁太郎が話に加わってきた。

安吉が昔、お隣の小母さんからいつも菓子をもらっていて、それで菓子好きになったという話はなつめも聞いたことがある。

安吉は確か、そのおそのに、自分で作った菓子を食べさせたいと願っていたはずだ。その人が作ってくれた楊枝入れなのだとしたら、安吉が大切にするのも分かる。

「あのう、安吉お兄さん。さっきのお話、なつめお姉さんにしてもいいですか」

その時、郁太郎が安吉に目を向けて尋ねた。勝手にしゃべり出すのではなく、きちんと安吉の許しを得るなど、気の遣《つか》い方が大人顔負けである。

一方の安吉はといえば、声を出す元気もないらしく、がっくりとうな垂れるようにうなずいた。それを見届けると、郁太郎はすらすらとしゃべり出した。

「おその小母さんは安吉お兄さんに、いつも飴《あめ》とか団子、時にはお饅頭《まんじゅう》とかのお菓子をくれたんだそうです。ただある時、たった一回だけ、茶席で出されるような煉《ね》り切りを分けてくれたんですって」

近ごろでは、誰でも手に入る飴やおこしといった雑菓子があるが、茶席で出される主菓《おもが》子《し》はやはり侍や裕福な者でなければ、めったに口に入れられるものではない。

だから、長屋暮らしのおそのでは、主菓子などは食べたこともなかったのだろう。それが、何かの拍子に手に入った。その上等の煉り切りには黒文字が添えられていたそうだが、おそのはそれを丸ごと安吉に与えた。

「安吉お兄さんはその時、生まれて初めて煉り切りを食べたそうなんですけれど、あまりおいしくて、泣き出してしまったそうです」

安吉ならいかにもありそうな話だと思いながら、なつめは静かにうなずいて、郁太郎に話の続きを求めた。

「安吉お兄さんはその時使った黒文字を捨てられず、その後も大切にしまっていたんだそうです。それを見たおその小母さんが怪我をしたらいけないからって、紅色の端《はぎ》切れで楊枝入れを拵《こしら》えてくれたそうなんですけれど……」

なるほど、そういう話ならば、安吉にとってはその楊枝入れも黒文字もどちらも大切な品なのだろう。

「安吉お兄さんはその楊枝入れごと、黒文字を失くしてしまったらしいんです」

そこまでしゃべって、郁太郎は困惑したように安吉に目を向けた。

「安吉さん、失くしたことに気づいたのは今朝のことなんですか？　最後に見たのはいつなんです？」

お調子者で時々いらっとさせられるが、今は力になってやりたくて、なつめは尋ねた。

「気づいたのは今朝だけど……」

安吉はのろのろした口ぶりで言う。

「最後に見たのは……たぶん、ひと月前か、ふた月前か——」

首をひねり始めた安吉の返事は何とも心もとない。

「ちょっと待ってください。ひと月前っていったら、安吉さんがまだここへ来る前のことですよね。じゃあ、最後に見たのは辰五郎さんの家にいた頃ですか」

「いや、辰五郎さんのとこで見た覚えはない……ような……」

「それじゃあ、氷川屋さんにいた頃ですか」

「う……あ、ああ。そうかもしれねえ」

安吉の捜している黒文字は、ふだん使っていなかったのだから、めったに取り出すこともなかったのだろう。だが、そうだとしても、それほど大事なものを、氷川屋から辰五郎の家、辰五郎の家から照月堂へと、二度も引っ越しをした際に、きちんと確かめてこなかったという安吉の迂闊《うかつ》さに、なつめはまたあきれ返った。

「もし、辰五郎さんのところに置き忘れてきたなら、ちゃんと取り置いてくれてるはずですよね、なつめお姉さん」

郁太郎は少しでも安吉に望みを持たせようというつもりなのか、明るい声を出して言う。

「そう……かなあ。やっぱり、これだけ捜しても見つからねえってことは、やっぱり、辰五郎さんのとこに置き忘れてきちまったのかなあ、俺は——」

自信のなさそうな口ぶりながらも、それまでよりは幾らか明るくなった声で、安吉が応じた。

「でも、気づいたなら辰五郎さんも何か言ってくるでしょうに……。紅色の楊枝入れなら、色目も派手なことだし……」

なつめが続けて言うと、安吉のわずかに持ち直した気分も再び沈み込んでしまったようであった。いや、先ほどよりも沈み具合はひどい。

「ああ、それじゃあ、俺ぁ、やっぱり氷川屋に置き忘れてきちまったんだー」

安吉は泣き叫ぶような声で言うと、両手で頭を抱え込んでしまった。

その時だった。

「おいっ！」

階下から野太い声が響いてきた。なつめも驚いたが、安吉は表情を凍らせて固まっている。

「いつまでのんびりしていやがる。厨房入りを半刻遅らせるとは言ったが、お前は俺が厨房へ入る前にやっておくことがあるだろうが」

久兵衛が階下から安吉に声をかけているのだ。特に叱りつけているわけではなかったが、声の調子はいかにも厳しかったので、なつめは安吉がまた脅えてしまうのではないかとひそかに案じた。

だが、安吉が固まっていたのは、最初の声を聞いた後の一瞬だけで、

「へい。すぐにまいります」

久兵衛に負けぬような声を張り上げて言うと、安吉はすぐに立ち上がった。

何だか腑抜《ふぬ》けになっていた安吉の体に、久兵衛の声が活力を注ぎ込んだかのようであった。安吉はもう脇目もふらぬといった様子で、部屋を飛び出していってしまう。

「あっ、安吉さん。このお部屋……」

このままでいいのか、となつめは声をかけようとしたのだが、安吉の耳にはもう届いていないようであった。

「無理ですよ、なつめお姉さん」

郁太郎が大人びた口調で、仕方なさそうに言う。

「お父つぁんは待ってくれるような人じゃないし、安吉お兄さんはお父つぁんから何か言

われると、もう他のことは耳に入らなくなっちゃうから」

「……へえ、そうなんですか」

安吉はそれだけ久兵衛を信頼し、尊敬しているということなのだろう。

「でも、これ、このままじゃあいけませんよね」

郁太郎が散らばった手拭いを手に取って畳みながら、なつめに問いかける。どうやら、安吉のために部屋を片付けてやろうというつもりらしい。

そんなことは、安吉さんに仕事が終わってからやらせればいいんですよ——と言いかけたなつめだが、嫌な顔などまったく見せず、黙々と手拭いを折り畳んでいる郁太郎を見ていると、了見の狭いことを口にするのは気が引けた。

「そうですね。安吉さんが後から一人で片付けるのじゃ、気の毒ですものね」

なつめはそう言い、脱ぎ散らかされたような安吉の着物を手に取り、きちんと畳み直し始めた。

二

安吉の部屋を適当に片付けてからは、いつものように、なつめは子供たちの手習いを見て過ごした。

安吉は厨房に入ってしまったので、その後、なつめとは顔を合わせていない。安吉の捜し物が大切な思い出の品と知った以上、何とか見つけてやりたいと思うが、あの後、郁太郎と片付けながら捜してみても、それらしい楊枝入れの袋は見つからなかった。

とすれば、照月堂へ来る時には持っていなかったと考えるしかなく、辰五郎の家か氷川屋のどちらかに置き忘れてきたのだろう。

(きっと、氷川屋さんに違いないわ)

だが、安吉としても、今さら氷川屋にのこのこ顔を出すわけにはいかないだろう。といって、なつめたち照月堂の者が受け取りに行くのもおかしい。

(せめて、氷川屋さんの中に、馴染《なじ》みの人でもいればいいんだけれど……)

安吉はかつて仲間だった氷川屋の職人と、今でも付き合っているのだろうか。もしそういう者がいるのなら、何とか頼めば捜してくれるかもしれない。

そう思った時、なつめの脳裡《のうり》に、ふと浅黒い端正な顔が浮かんだ。腕の立つ氷川屋の菓子職人で、辰五郎がかつて照月堂に引き抜きたいと躍起になっていた若い男。

(そう、名前は確か、菊蔵《きくぞう》さん……だった)

話したこともなく、顔を合わせたことさえない相手だが、なつめの方は見かけたことがある。いや、辰五郎と話をしているのを、垣根の陰からこっそり見つめていたのだ。

(己の腕前にたいそうな自信があるふうだった)

安吉の根拠のない自信とは異なるものだ。もちろん、なつめは菊蔵の腕前を直《じか》に知るわけではないが、辰五郎も認めている口ぶりだったから信じていいだろう。何より、口数のあまり多くない菊蔵が、低い声でぽつぽつ語る言葉には確かな自信が裏付けられていた。

（いつか、あの人の作ったお菓子を食べてみたい）

どんな味わいの菓子を作るのだろう。色や形はどんなものを好むのか。

（どうせ食べるのなら、餅菓子やお饅頭ではなくて、お茶の席で味わうような上品な主菓子を、ほのかによい香りのする黒文字で切り分けて……）

かろうじて、黒文字でつながってはいたものの、なつめの頭の中はいつの間にか、安吉の捜し物のことから離れて、別の方向へ向かっていってしまう。

「お姉さん、なつめお姉さん！」

ふと気づくと、郁太郎がなつめの腕を揺さぶっていた。

「あら、もう書き終わってしまったんですか」

我に返って郁太郎に問うと、

「下で、番頭さんがなつめお姉さんのこと、呼んでいるみたいですけれど」

不審と心配の入り混じったような眼差《まなざ》しを向けて、郁太郎が言った。

確かに、階下から「なつめさん、なつめさんは二階ですか」という声が聞こえてくる。

なつめは慌てて、

「はい。二階におりますが……」

と返事をするなり、部屋の外へ出た。

「ああ、よかった。ちょっと下りてきてくれますか」

なつめの姿を見るなり、番頭の太助がほっとしたような声で言う。なつめが階段を下りてゆくと、太助は待ちかねた様子で口を開いた。

「私はこれから出かける用があるんですが、今、店番をしてくださっている大旦那さんももう間もなく本郷の方へ出られるそうなんです。そこで、なつめさんに店の方へ出てもらえるとありがたいのですが」

すでに、おまさには許しを得ているとのことで、その間、子供たちの面倒はおまさが見るのだという。

「分かりました。おかみさんがそうおっしゃるのであれば、すぐに参ります」

なつめはうなずき、おまさに声をかけてから、太助と一緒に表の店の方へ向かった。帳場には市兵衛が座っている。

「ああ、なつめさん、すまないね。辰五郎のところへ行くと、昨日のうちに約束してしまっていたから」

客はおらず、それまで目を通していた冊子から顔を上げた市兵衛が、にこにこしながら言う。

帳簿でも見ているのかと思いきや、それはきれいに色付けされた菓子の見本帖《みほんちょう》であった。

「まあ、なんてきれいで、おいしそうな絵」

なつめは思わず声を上げてしまった。すると、

「ああ、なつかしい……」

と、なつめの傍らにいた太助が目を細めて呟いた。

「大旦那さんが描いた見本帖ですな」

「大旦那さんがご自分で——?」

太助の言葉に、なつめは目を瞠《みは》って市兵衛を見た後、再び見本帖をのぞき込んだ。

橙《だいだい》色の丸い球形の上に、緑色の葉っぱをのせた菓子は、柿の形に見える。その下には、白と黄色の菊形の、おそらく煉り切りと思われる菓子、隣には紅色の紅葉《もみじ》を中に閉じ込め、外を葛《くず》で固めたらしい羹《あつもの》——。

「大旦那さんはこれらをすべて、お作りになれるんですか」

「まあ、京で修業をした時にひと通り習い覚えたもんだけど、照月堂で売り出したものはそんなになかったかな。そうだよねえ、太助」

市兵衛が太助の名を呼ぶのを聞いて、なつめは少し不思議な感じがした。久兵衛は確か太助のことを「番頭さん」と呼んでいたはずで、市兵衛がどう呼んでいたかは覚えがないが、二人だけの時はそんなふうに呼ぶのかもしれない。

「へえ。菊の煉り切りは節句に合わせて出したことがありましたが」

太助がなつかしそうな口ぶりで応じた。ということは、太助は市兵衛が菓子を作っていた頃から、この店にいたということになる。

なつめは見ているだけで溜息《ためいき》の出そうな、美しい菓子の絵に目をやりながら、

「旦那さんはこういう美しい主菓子を作りたいとお思いなのですよね」

と、呟いていた。

今の照月堂で主に売っているのは、気軽に食べられる餅菓子や饅頭などである。久兵衛が照月堂をもっと格の高い店にしようと考えているのは周知のことだが、市兵衛は——そして、太助はそれをどう思っているのだろう。

創業した者にとって、店のあり方が様変わりするのは、気分のよいものではあるまい。ならば、市兵衛は息子のやり方に反対はせぬまでも、心から賛同というわけでもないのだろうと、なつめは勝手に想像していた。

だが、昔、こうして主菓子の見本帖を描き、今もそれを眺めている市兵衛を見ると、

（もしかしたら、大旦那さんも本心では、主菓子を作りたいと思っていらっしゃったのかしら）

という新たな考えも湧いてきた。

「今日は、柿を使った菓子を作る手がかりがないかと思って、この見本帖を久しぶりに取り出してみたんだけれどね」

市兵衛はいったん見本帖に目を戻した後、軽く溜息を吐《つ》いた。

「やはり、これは使えそうにないね」

「どうしてですか。この柿の実の形をした煉り切りなんて、とてもおいしそうですのに……」

なつめは市兵衛の溜息の意味が分からず、首をかしげた。

にはせんだろう」

「いや、辰の字の店で出す菓子を考えてたんだ。あいつは、こういう上等な菓子を売り物
　市兵衛の言葉に、なつめは黙ってうなずいた。金持ちだけが食べる菓子ではなく、貧しい人たちが気軽に食べられる菓子を作りたい——それが、辰五郎の目指す菓子職人のあり方であった。

　柿というのは、辰五郎が店を出すために借りた家の庭に、大きな柿の木があったから、そこに生《な》る実を使って菓子を作ろうという話なのだろう。

「まあ、主菓子にこだわらず、少し考えてみよう。辰の字にもいい案が浮かんでいるかもしれないし」

「辰五郎は才に恵まれてますから、きっとうまい菓子を作り出しますよ」

　太助の言葉に対し、市兵衛は軽くうなずいただけで言葉は返さなかった。

「それじゃあ、なつめさんが来たことだし、そろそろ出かけようかね」

　市兵衛はそう言うなり、見本帖を閉じて机の脇に立てかけると、帳場から立ち上がった。

「あのう、大旦那さん。その見本帖、私が見てもよろしいでしょうか」

　なつめが思い切って切り出すと、

「ああ、かまわないよ」

　市兵衛はあっさりうなずいた。その目の奥には、どことなく満足げな優しい光が浮かんでいる。

だが、なつめがそれに気づくより先に、市兵衛は背を向けて歩き出していた。

「お気をつけて行ってらっしゃいませ」

「ああ、よろしく頼みますよ」

なつめの挨拶に軽く振り返って答えると、市兵衛は奥の廊下へと消えていった。

「それじゃあ、なつめさん。私も行きますが、よろしくお願いします」

太助もまた、市兵衛に続いて奥へ去っていく。その足音が遠ざかるのを待ちかねたように、なつめは立てかけてあった見本帖を取り出した。萌黄《もえぎ》色の分厚い表紙には「菓子見本帖」と立派な字で書かれている。

なつめはごくりと唾を飲み込み、表紙の端にそっと親指の背を当てた。

表紙をめくると、季節ごとに並べられているのだろう。いかにも春らしさを感じさせる、紅梅の花を象《かたど》った煉り切り、鶯《うぐいす》を象った煉り切りの絵が同時に目に飛び込んできた。梅の花の菓子には〈春告草《はるつげぐさ》〉、鶯の菓子には〈春告鳥《はるつげどり》〉と菓銘が添えられている。

いずれも、梅の花、鶯の別名であり、春の到来を告げる風物であることから付けられた異称を、そのまま菓銘に使ったようである。

まるで見本帖の中から、時を乗り越えて春が訪れたような感覚がなつめを包み込む。少しの間、なつめは目を閉じてその感覚にひたった。

それから、次をめくろうと、おもむろに目を開けたその時――。

店の暖簾《のれん》がはらりと動き、人の入ってくる気配が伝わってきた。なつめは慌てて顔を上げる。

紫苑《しおん》色と黄色の鮮やかな色彩が、まるで店の中に灯《ひ》をともしたかのように浮かび上がっていた。

（きれいな人）

紫苑色の地に、秋らしい女郎花《おみなえし》の花の絵柄の小袖を着た若い娘であった。おそらく、なつめと同じくらいの年ごろだろう。連れはなく一人で来た模様だが、装いの様子からすれば、裕福な家の娘のように見える。

「……いらっしゃいませ」

娘に見とれていた一瞬、挨拶をするのが遅れたが、娘の方は気にならなかったようだ。

色白の少しふっくらした頬に、愛らしいえくぼを浮かべて微笑《ほほえ》みながら、なつめの方へ近付いてきた。

「何をお求めになるか、お決まりでいらっしゃいますか」

なつめが問うと、娘は帳場の前に並べられた蒸籠《せいろ》にちらっと目を向け、

「萩の餅はいただこうと思っているのだけれど、他にも何か」

と、言いながら、少し迷っているふうな表情を見せた。

「それでしたら、ゆっくりお選びください。今日はお月見の後で、あまり多くはお出ししていませんが」

なつめが言うと、娘はほっとしたようにうなずいた。

それから、娘は蒸籠の横に置かれた品目の札を熱心に眺め出した。菓子によっては、札に絵が描かれているものもある。また、菓子そのものは置かれておらず、札だけが掲げられているものもあった。

娘の眼差《まなざ》しが、辰焼《たつや》きの札の前で止まったのに気づいて、なつめは口を開いた。

「辰焼きは、昼八つ時（午後二時）にご用意することになっております。作り立てのものをお召し上がりいただくのが、いちばんでございますので」

と、説明したものの、まだ昼前なので、それまで待ってほしいとは言いづらかった。

「ああ、そうなのね」

評判は聞いていたのだけれど、今日はそれまで待つことはできないから残念だわ――と、娘は呟いた。

「照月堂さんのお菓子は前々から食べてみたいと、ずっと思っていたの」

と言う顔つきは輝いていて、どうやらかなりの菓子好きと見える。

その後も、娘はしばらく迷っていたのだが、注意して見ていると、どうも菓子を選びかねているというだけでもないらしい。時折、なつめの方をちらちら見ながら、何かを口に出そうか出すまいか悩んでいるふうにも見える。

ややあってから、

「あのう、こちらに……安吉さんという職人はおられますか」

遠慮がちな物言いで、娘は切り出した。てっきり菓子について問われると思っていたな

つめは内心驚いたが、

「はい。近ごろ入った職人に、安吉という者は確かにおりますが」

と、表情には出さず、落ち着いて答えた。

娘の張り詰めていた表情がわずかに緩んだ。

「御用でございましたら、呼んでまいりましょうか」

なつめがさらに尋ねると、娘は慌てて首を横に振った。

「いえ、それにはおよびません。あの……」

娘はそれ以上、なつめと安吉のことで会話をするのを避けようとするかのように、

「萩の餅を二つ、それから、望月《もちづき》のうさぎという餅菓子を二つ、包んでください」

と、早口に続けた。

「かしこまりました」

なつめは言い、帳場から立って、それぞれの菓子の蒸籠の蓋を開け、言われた通りの菓子を包み始めた。だが、その間も、この客の娘と安吉の間にどのような関わりがあるのか、気になってならない。

やや沈黙が続いたのだが、なつめが菓子の紙包みを渡し、代金を受け取ろうという段になって初めて、

「……これを安吉さんに渡してください」

と、娘は小袖の袂《たもと》から取り出したものを、なつめに差し出した。それは、少し色褪《いろあ》せた

紅色の袋であった。

「これは……」

安吉の捜していた楊枝入れの袋に違いない。なつめは驚いて娘の顔を見つめ返した。

「渡していただければ分かると思います」

娘はそれだけ言うと、菓子の包みを手に提げた格好で持ち、踵《きびす》を返そうとした。

「お待ちください。お客さまのお名前は――」

なつめが慌てて呼び止めると、娘は足を止め、少し迷うようにしていたが、

「しのぶ、と申します」

とだけ、小さな声で呟くように言い置き、暖簾をくぐって外へ行ってしまった。

しのぶと名乗った娘が消えてしまうと、店の中はたちまち色を失い、味気なくなってしまったように見える。一人取り残されたなつめは、何とも複雑な気持ちに見舞われていた。

三

その日、午後になって太助が帰ってくるまで、なつめは帳場に座り続けた。

客のいない間は、見本帖を眺めることができたが、一つ一つの菓子の形と菓銘をじっくり味わっていると、時はいくらあっても十分ではない。まだ物足りなそうな表情で、見本帖を立てかけたなつめを見た太助は、

「その見本帖、なつめさんがもっと見たいというのなら、お貸ししてよいと大旦那さんがおっしゃっていましたが」

と、言い出した。

「本当ですか」

なつめは目を輝かせた。市兵衛は家に持ち帰ってもかまわないと言っていたとのことで、それなら写しを取ることもできる。絵師を志していたこともあるなつめは、多少なりとも絵の心得があったし、絵筆や絵の具などもそろっていた。

「写しを取ってもかまわないでしょうか」

なつめが尋ねると、太助はさすがに首をかしげたが、その場合は久兵衛の許しを取った方がいいだろうと告げた。

「番頭さんもこの見本帖をよく御覧になっていたのですね」

と、なつめが問うと、太助は少し妙な表情を浮かべた。

「さっき、なつかしいとおっしゃっていたから」

と、なつめが付け加えると、「ああ」と太助はうなずいた。

「そうですね。夢中になって眺めていた時がありましたよ。今の旦那さんが京へお行きになる前、大旦那さんが付ききりで、これらの菓子をお教えしてましたな。旦那さんは紙が墨を吸うように瞬《またた》く間にすべてを呑《の》み込んでしまわれた。ああいうのを才があるというのだなと思いましたよ」

「さっき、辰五郎さんのことも同じようにおっしゃっていましたが……」

「ああ。進む方向は違うが、辰五郎も才に恵まれていた」

どことなく寂しげに聞こえなくもない物言いだった。

その後、太助と入れ替わって、なつめは仕舞屋の二階へ戻ると、子供たちの面倒を見ていたおまさと交替した。

「あら、それは……」

市兵衛の描いた見本帖を貸してもらえたのだと話すと、「それはよかったこと」とおまさは大袈裟《おおげさ》なくらい喜んでくれた。ただ、二人の子供たち――特に亀次郎が、それを見たそうな顔をしていることに気づくと、

「それじゃあ、これを包む風呂敷を用意しておきますね」

と言って、なつめに目配せし、見本帖を手に出て行ってしまった。

それから、暮れ六つ（午後六時）まで二人の手習いの稽古を見てやり、帰りに預かってもらっていた見本帖を受け取った。久兵衛が仕舞屋にいたので、写しを取ってもいいかと訊くと、かまわないと言う。

「ありがとうございます」

なつめは改めて頭を下げ、庭へ出た。帰りがけに厨房へ声をかけると、中で後片付けをしていたらしい安吉が現れた。

「今日、お店の方に、安吉さんに届け物をしてくれたお客さんがいたんですすよ」

庭に出て来た安吉にそう告げると、安吉は不審げな顔を浮かべた。

だが、なつめがしのぶから預かった紅色の袋を差し出すと、

「あっ、これ！　俺の楊枝入れ――」

と、声を高くして叫ぶように言い、急いで中身を確かめた。中には、黒文字が一本、しっかりと収まっている。

「誰が届けてくれたんだ？」

「しのぶさんって、名乗っていらっしゃいましたけれど……」

なつめが答えると、

「何だって！　本当にそう名乗ったのか」

と、安吉は裏返った声を出した。

「その人、なつめさんと同じくらいの年ごろで、すごい別嬪《べっぴん》さんで、着ているものなんかも上等のもんだったか」

昂奮《こうふん》した面持ちで早口に畳みかける安吉に目を瞠《みは》りながら、なつめはうなずいた。

「ええ、そうでしたけれど……」

「そっか。お嬢さんが俺のために――」

何やら、安吉はひたすら感激に浸っている。その口から漏れた「お嬢さん」という言葉に、なつめは引っかかった。

「お嬢さんって、どういうことですか」

「ああ、しのぶってのは氷川屋のお嬢さんの名前なんだ。やっぱり、俺は黒文字を氷川屋に置き忘れてきちまったんだな。けど、お嬢さんがわざわざ、俺のために届けてくれるなんてなあ」

安吉の物言いは、黒文字が戻ったことより、お嬢さんが届けてくれたことに感動しているように聞こえる。

「しのぶお嬢さん、相変わらずきれいなんだろうな。ああ、俺も会いたかったなあ」

うっとりと夢心地の声で呟いた後、安吉はふと思い出したようになつめに訊いた。

「それで、お嬢さんは俺のこと、何ておっしゃってたんだい？」

「別に何も――」

なつめはそっけなく答えた。

「元気でやっているのか、とか、苦労しているんじゃないか、とか、何かおっしゃっていただろう」

「そういうことは、一切おっしゃっていませんでした」

「俺のことが心配だとか、言ってたか」

「いえ、まったく」

なつめは無表情で首を横に振った。

「それじゃあ、お預かりしたものは渡しましたから、私はこれで失礼します」

なつめはそう告げるなり、枝折戸の方へ向けて歩き出した。

「ああ、なつめさん。気をつけてな」

安吉の声はいつもの三倍は弾んで聞こえる。

なつめは振り返りもせずに枝折戸をくぐり抜けた。

裏通りに出た時、市兵衛から借りた見本帖のことを、安吉に言いそびれたことに気づいたが、引き返そうという気持ちにもなれない。なつめは風呂敷包みを抱える腕に少し力を込めると、早足で歩き出した。

四

照月堂が混乱に見舞われたのは、それから五日後のことである。もう日も暮れかけて、厨房はすでに片付けや明日の仕込みに取りかかっており、店もそろそろ閉めようかという頃合いであった。

二階の部屋で郁太郎と亀次郎に絵草紙を読んでやっていたなつめのもとへ、おまさが慌てた様子でやって来た。

「なつめさん、ちょっと手のかかるお客さんがいらしたみたいで、番頭さんはそちらの応対に追われているようなんです。店番に出てほしいって言われたんだけれど、あたしも今、夕餉の仕度で手が離せないから――」

「分かりました。私がお店へ参ります」

おまさに皆まで言わせずに、なつめは返事をした。

「郁太郎と亀次郎は絵草紙を持ってきていいから、下の階にいらっしゃい。おっ母さんの声が届くところにいるんだよ」

おまさが子供たちにそう言い聞かせているのを背中に聞きながら、なつめは一足先に階段を下りた。

裏口から店の建物へ入り、店と奥を仕切る暖簾をかき分けながら顔を出すと、番頭の太助が待ちかねていた。

「ああ、なつめさん。それでは、こちらは頼みましたよ」

太助はそれだけ言うなり、すぐに目を土間の方へ向けた。菓子の札が並べられている前の辺りに、客が一人いる。

年の頃は四十に手の届くくらいだろうか。体つきのがっしりした強面《こわもて》の男である。

これが、おまさの言っていた「ちょっと手のかかる」客なのだろうかと思いながら、なつめは帳場の方へ向かいがてら、客の様子をうかがった。

「それでは、お客さまは奥の部屋の方へお上がりくださいまし。主《あるじ》がすぐに顔を出せるかどうかは分かりませんが、まずは手前がお話をお聞きいたしますので」

太助は客に向かって丁寧に言った。

「主の手が空かねえっていうなら、それはかまわねえですよ。一応、こちらのご主人に筋を通すつもりで、お伺いしたまでですから。こちらとしちゃ、安吉を出してもらえればそれでいいんだ」

強面に似合いのどすの利いた声で、客が返事をする。

（えっ、安吉さん？）

なつめは思わず、客の顔をじっと見つめてしまった。

まさか、安吉の父親だろうか。安吉は幼い頃から、父親の乱暴な振る舞いに悩まされてきたという。殴られるのも怒鳴られるのも日常茶飯事で、安吉は父親から逃げるように奉公へ出たはずであった。

最初の奉公先である氷川屋のことは、父親も知っていただろう。

だが、安吉が氷川屋を出た後、新しい居場所を父親に知らせておらず、そうと知った父親がこの店を捜し当てて現れたのだとしたら――。

（旦那さんや太助さんは、安吉さんをあのお客さんに会わせるのかしら）

父親であれば、会わせないわけにはいかないだろうが、父親でなければ、一体誰だというのか。

そう思った時、なつめの脳裡にふと、しのぶの面影が浮かんだ。

しのぶが安吉の居場所を氷川屋の人々に話したことは十分に考えられる。

（もしかして、あのお客さんは氷川屋さんの……？）

そうだとすれば、何の用で来たのだろう。まさか、安吉を今さら氷川屋へ戻したいということもないだろうが……。

なつめは他に客がいないのを幸い、帳場から立ち上がった。店の様子を見て回るような具合で、奥へと続く暖簾の辺りまで近付いてゆく。

「申し訳ありません。主が出られるまで、もう少しお待ち願えますでしょうか」

あくまでも丁重な物言いを崩さない太助の声が聞こえてきた。

「だから、ご主人には無理して会わなくても、こちらはいっこうにかまわねえんでさあ。それより、用があるのは安吉だ。安吉をここへ呼んでもらいましょうか」

「その件については、まず主に話を通していただきませんと――」

「安吉はこちらさんで世話になってるんですよねえ。こっちは確かな筋から聞いて、やって来たんですぜ」

相手の男はまるで脅すような物言いをしている。

「安吉と申す者は、手前どもの店に確かにおりますが」

太助の声に毅然《きぜん》としたものが加わった。

「安吉なんぞという名はありふれておりますし、そちらさまがお捜しの方かどうかは分からぬと存じます」

「人違いならそれだけのことでしょうが。とにかく、安吉をここへ出してくだせえ。ま、世の中に安吉は大勢いても、菓子職人の安吉たあ、そんなにいるとは思えませんがね」

「ともかく、ご用向きを聞かぬ限り、うちの職人をお会わせするわけにはまいりません」

きっぱりとした言い方で太助から切り返されて、客はついに堪忍袋の緒が切れたようであった。

「こちとら、忙しい合間を縫って、足を運んでるんだ。このまま引き下がるわけにはいきやせん。時がかかると言うのならいいだろう。いつまでも、ここで待たせてもらいやしょうか」

続いてなつめが聞いたのは、戸を開け閉めする物音と、誰かが廊下をさらに奥の方へ歩いてゆく足音であった。

どうやら、太助は厨房にいる久兵衛へ相談しに行ったのだろう。となると、いよいよ安吉は客の前に引きずり出されてしまうのか。

気が気ではなく、暖簾の前から離れることができなかったが、幸い、店じまいが近いせいか、客は今のところ一人も来ていない。

ほどなくして、奥の方から人の歩いてくる気配に続いて、戸を開ける音が聞こえた。

「どうも、照月堂の主の久兵衛でございます」

久兵衛が戸口のところで挨拶しているらしい。

「あっしは氷川屋の職人、亥助《いすけ》と申しやす」

続けて、客の声が聞こえてくる。やはり氷川屋の者だったのだ。

それから、久兵衛ともう一人――太助か安吉かはなつめには分からなかったが――部屋の中へ入る気配がして、戸が閉められた。

「ごめんください」

その時、表から女客の声がして、なつめは慌てて「いらっしゃいませ」と応じながら、帳場へと戻ってゆかねばならなくなった。

赤ん坊を背負った若い女客は、照月堂が初めてらしく、評判の辰焼きはあるかと尋ねてきた。それは、時刻を決めて焼き立てのものを売っているのだと、なつめは説明して謝った。今日はもう辰焼きを売り出す予定はない。

「違う菓子ですが、こちらの照月堂饅頭は同じ餡《あん》を使っておりますし、お客さまにも評判でございます。他には、餅菓子の望月のうさぎなどはいかがでしょうか。餡は入っておりませんが……」

と勧めてみると、残念そうにしていた女客はなつめの開けた蒸籠の中をのぞき込み、望月のうさぎの愛らしい姿に顔をほころばせた。

「この子はまだ食べられないけれど、うちには四つになる子がいるから――」

女客はその子が喜ぶだろうと言って、望月のうさぎを二つ買い求めた。

「お子さまが喉に詰まらせたりしないよう、気をつけてあげてください」

紙包みにした菓子を渡して代金を受け取りながら、なつめは言った。女客は子供が気に入ったら、また来ると言って帰っていった。

客が帰って一段落すると、再び奥の部屋のことが気にかかってくる。女客を見送るため土間へ下りたなつめは、帳場へ戻る前に、一度暖簾の前へと近付いてみた。すると、

「安吉を追い出せないと、そちらさんはおっしゃるんですな！」

と、叫び立てる客——亥助の声が耳を打った。

「追い出せないというなら、照月堂さんには暖簾を畳んでもらわなくちゃいけませんぜ」

「お待ちください。そんな理不尽な話はないでしょう。どうして、うちが店を閉めなければならないのですか」

言い返したのは太助の声だ。亥助という客の声より、どっしりとした重みがあった。

「勘違いしないでくだせえ。先に不義理を働いたのは安吉ですぜ。その安吉を店へ入れたおたくも同じだ。とにかく、氷川屋はこんな不義理を黙って見過ごすつもりはねえってこと、よおく覚えておいてもらおうか」

亥助はそれ以上話を続けても、今日のところは己の言い分を通すことはできないと思ったのか、席を立ったようであった。

奥からばたばたと人の動く音が伝わってきて、なつめは戸が開く前に慌てて帳場へ戻った。

なつめが座布団に座った直後、暖簾が乱暴にはね上げられて、亥助が姿を現した。その後には太助が厳しい顔つきで続いている。

亥助は土間に置いてあった草履を履くと、挨拶もせず店を出て行った。ややあってから、

「なつめさん、厨房から塩をもらってきて、撒《ま》いておいてください」

太助は静かな怒りのこもった声で言った。決して声を荒らげたわけでもないのに、先ほどの亥助の声より威圧感が感じられて、

「は、はい」

なつめは返事をするなり、急いで立ち上がった。

厨房へ行って、廊下につながった戸を叩《たた》くと、中から「……へえ」という安吉の気の抜けたような声がした。

「あのう、番頭さんから塩を持ってくるように頼まれたのですけれど……」

と言っても返事がないので、なつめは戸を開けた。

安吉は上がり框《がまち》に座り込んで、ぼんやりしているようであった。安吉は亥助が来たことをすでに聞かされていたのだろう。久兵衛たちとの話もおそらく知っているか、ある程度、想像がついているようだ。

その目は、恐怖の後の放心のせいか、どんよりと濁って見える。何か言って励ますべきだとは思うのだが、事情もよく知らないまま、何を言えばいいのか分からない。

なつめは塩の入った壺《つぼ》を取ると、そのまま厨房を後にした。

表の店に戻って、太助に言われるまま塩を撒くと、今日はもう帰っていいと言われた。怒りをため込んでいるような太助にものを尋ねることがはばかられて、なつめは挨拶すると、塩の壺を戻しに厨房へと引き返す。

「安吉さん……？」

まだ先ほどからいくらも時が経《た》ったわけではないというのに、安吉の姿は見当たらない。久兵衛に呼ばれて、どこかで相談でもしているのだろうか。

なつめは厨房を出て、仕舞屋へ挨拶に向かったが、そこにも安吉はいなかった。

（さっき、何も言ってあげられなかったから、少し心残りだけれど……）

とはいえ、安吉には照月堂の人々がついているのだから大事ないだろう、明日にはいつものあの調子のよさを取り戻しているかもしれない――なつめはそんなふうに考え、そのまま照月堂を後にした。

それが安易な考えであったことに、この時のなつめはまだ気づいていなかった。

五

「おせわになりそうろう。きにかけたまうな」

――お世話になりました。俺のことは気にかけないでください――という紙きれ一枚を残して、安吉は照月堂から姿を消した。

それが判明したのは翌朝で、いつ出て行ったのかは誰も知らない。

なつめは朝、照月堂へ出向いてすぐ、そのことを聞かされた。

「安吉お兄さんがいなくなっちゃったんです！」

なつめが来るのを待ち構えていたのか、枝折戸をくぐった途端、庭先まで飛び出してきた郁太郎が教えてくれた。

「いなくなったって、どういうことですか」

「お世話になりました、って書き置きがあったんです」

　郁太郎がさらに教えてくれる。

　書き置きには他に何か書かれていなかったのか。安吉の荷物も消えているのか。書き置きの他に、残していったものはないのか。

　なつめが矢継ぎ早に問いかけると、郁太郎は知る限りのことを答えてくれた。

　安吉の荷物はなくなっており、部屋は片付けられていたという。書き置きには他に言葉はなく、安吉がそれ以外に残していったものといえば――。

「おっ母さんが洗いものをするために預かった筒袖と、楊枝入れは残っているみたいだけど……」

　郁太郎は少し言いにくそうに告げた。

「楊枝入れって、あの前に失くしたって言っていたあの……？」

「はい。あの後、前のお店のお嬢さんが、居所を捜し当てて届けてくれたんですってね。そのお嬢さんは安吉お兄さんのことを大切に想っているんだとか」

　おそらく安吉が得々として語ったその話を、郁太郎はそのまま信じ込んでいるらしい。思い込みを事実のように語るのもどうかと思うが、それ以前に、あれほど見つかったのを喜んでいた黒文字を、再び置き忘れていくとはどういう了見なのか。

　郁太郎の話によれば、おまさが安吉の筒袖を洗濯するために預かった際、その裏側の隠しに楊枝入れの袋が入っていたのだという。

「おっ母さんはそれを取り除《の》けて洗ったんだけど、どちらも返さないうちにいなくなってしまったんですって」

それにしても、あの安吉がここを出て行こうとまで思いつめていたとは――。

昨日の亥助の剣幕からして、自分が照月堂の迷惑になっているということを、安吉も分かったのだろう。自分が出て行かなければ、照月堂が氷川屋からひどい目に遭わされるかもしれない。それこそ、店じまいに追い込まれるようなことまでも――。

安吉は自分にできるのは照月堂を去ることだけだと思い込んだに違いない。

行くところなどないはずの安吉の心細さを思うと、なつめは昨日、何の言葉もかけなかったことが悔やまれた。

「このことを知って、旦那さんは何かおっしゃっていましたか」

心配になったなつめは久兵衛の様子を尋ねたが、郁太郎は首を横に振った。久兵衛は安吉のことを詰《なじ》ったりすることもなく、取り立てていつもと変わらずに厨房で黙々と菓子を作っているという。

その後、なつめは仕舞屋へ挨拶に出向いた。おまさの姿が台所には見当たらないので、居間の戸の前で挨拶すると、

「ああ、なつめさん。入ってちょうだい」

というおまさの声が中からした。どことなく切羽詰まった声をしている。

戸を開けると、市兵衛とおまさ、太助の三人が顔をそろえていた。

「実は、えらいことになっていてね」

太助が振り返りざま、重苦しい声で告げた。

「安吉さんのことなら、今そこで郁太郎坊ちゃんから聞きました……」

「そうかい。あいつめ、今朝になったらいなくなってたっていうんだよ」

太助は苦々しい顔つきをしている。

「大体ねえ、昨日、あの亥助とかいう職人が帰った後だって、旦那さんも大旦那さんも安吉を追い出すなんて、一言も言っちゃいなかったんだ。それなのに、あいつは一人で勝手に決めて……。大体、こんな書き置き一つで、行方をくらませるなんて、今までのことはこれっぽっちのことだったのかって思いますよ」

見れば、三人が車座になっている中央の畳の上には、安吉の書き置きらしき紙が一枚置かれていた。

そして、その傍らには安吉が残していったという筒袖と楊枝入れの袋がある。

「昨日、氷川屋の職人が来た時には、あの言い分に私も腹を立てましたよ。けれど、あの人の気持ちも今朝になって分かってきたというもんです。氷川屋さんはうちなんかよりずっと長く、あの安吉の面倒を見てきたんでしょう。それが、ろくな挨拶もなく飛び出されたとあっちゃ、後ろ足で砂をかけられたような気分だったんでしょうな。まあ、あの怒りぶりも今となっちゃ、分からなくもない」

太助はおそらく安吉の境遇に同情し、何とか守ってやれないものかと思案していたのだろう。それなのに、あっさり姿を消してしまった安吉に対し、余計に腹が立つのに違いない。あるいは、表向きは怒りを見せない主人久兵衛の代わりに怒っているのだろうか。

(確かに、太助さんの言い分も分かる。とすれば、あの氷川屋さんの亥助という職人さんも、あの人なりに安吉さんの身を案じる気持ちがあったのかもしれない)

怒鳴り声をあげて安吉さんを怖がらせていたとしても、本人は安吉のためだと思っていたということもあり得る。そうだとすれば、安吉の行動はそもそも氷川屋を飛び出したところから軽率だったし、その後も軽々しいことを積み重ねてしまったことになるだろう。

「まったく――」

太助は怒りの中に、やりきれなさをにじませて、安吉が置き忘れていった筒袖を手に取った。

「これは厨房で着る作業着でしょう。これを置き忘れていくなどとは、まったく菓子職人としてなってない」

丁寧に畳まれた筒袖を持つ太助の手が震えている。

大事にしていた楊枝入れを置き忘れていくのも問題だが、そちらの事情については太助は知らないのだろう。

(本当に、安吉さんたら、お菓子が好きだと言っていたくせに、いつも肝心のところが抜けているんだから)

と、なつめも情けない気持ちになってくる。

「いや、すみません」

怒りを見せたことを言うのか、筒袖を力任せにつかんでいたことを言うのか、太助は昂《たか》ぶりを抑えた声で言うと、筒袖の皺を直して元のように畳の上へ置いた。

「もしかしたら、また戻ってくるかもしれません。もっとも、旦那さんが店の中へ入れるかどうかは分かりませんが、預かっていたものまで返しちゃいかんとはおっしゃいますまい。おかみさん、どうかこれらは安吉のために預かっておいてやってください」

と、太助はおまさに頭を下げた。

「そうですよね。筒袖は職人さんにとって大事なものだし、この楊枝入れだって、郁太郎から聞いたところでは、安吉さんにとって大事な品らしいし……。安吉さんは帰ってきますよね」

おまさは安吉が戻ってくると、自分に言い聞かせるように言った。だが、安吉が今どうしているのかという不安は消えないらしく、表情は暗いままである。

「安吉だって子供じゃあるまいし、かどわかしに遭うこともねえだろうから、そんなに心配するには及ぶまいよ」

市兵衛が皆を安心させるような口ぶりで言い、

「まあ、ここでとやかく言っても始まりませんし、ひとまずは帰ってくるのを待ちつつ、旦那さんのご判断を仰ぐしかありませんな」

その場をまとめるように太助が言った。が、肝心の久兵衛は安吉については何も言わず、今は厨房にこもっている。弟子のいなくなった厨房で、久兵衛がどう考えているのかはなつめには想像もつかなかった。

「それでは、私は店開きの仕度がありますので失礼します」

太助はそう言って立ち上がると、居間を去った。

太助の足音が去ってゆくのを聞き届けてから、

「太助はいつになく熱くなってるみたいだねえ」

と、市兵衛がぽつりと呟いた。

「それだけ安吉さんに期待をかけていたってことなのでしょうか」

おまさが少し腑に落ちないという物言いをする。

厨房に入ることのない太助には、安吉の腕前のほどや才能のあるなしなどは、市兵衛や久兵衛から聞いていたにしても、くわしくは分からなかっただろう。照月堂へ来て日も浅い安吉とさほど親しいようにも見えなかったし、深い思い入れを抱くような理由も考えにくい。

なつめもそのあたりがよく分からず、おまさと顔を見合わせていると、市兵衛が口を開いた。

「太助は昔、菓子職人だったんだよ」

突然の市兵衛の言葉に、おまさもなつめも、えっと思わず声を上げていた。

おまさが嫁いできた時にはもう、太助は番頭としてこの店を仕切っていたらしい。

「実は昔、私の弟子でねえ」

しみじみした口ぶりで、市兵衛は続けた。

「どうして、職人の道へ進むのをやめてしまわれたのですか」

なつめはそう問いかけながら、ある予測を脳裡に浮かべていた。

もしかして、才能がなかったせいなのか。

先日、久兵衛や辰五郎の才について語っていた時の太助の言葉が思い出された。

――ああいうのを才があるというのだなと思いましたよ。

――進む方向は違うが、辰五郎も才に恵まれていた。

そして、太助自身、今なつめが借りている市兵衛の菓子見本帖を、夢中になって眺めていた時期があったと言っていたではないか。

「別に、才能がなかったというわけじゃあない。そりゃあ、天分に恵まれたとは言いがたかったが、ふつうに菓子職人としてやっていけないほどではなかった。ただねえ、めぐり合わせっていうやつが、本当に悪かったんだ」

市兵衛が語り出した言葉に、おまさもなつめも聞き入ってしまい、とても立ち上がる気にはなれなかった。

「太助の後に厨房に入ったのが、久兵衛だった。だから、本当は太助は久兵衛の兄弟子に当たるんだよ。父親の私が言うのも何だが、まあ、才のきらめきっていうのが、久兵衛は突き抜けていたんだな。いずれ店の跡取りになる久兵衛と自分じゃ、立場が違うとは思っただろうが、それでも、苦しかったんじゃないかと思うよ。太助は何も言わなかったけれどね」

だが、その後、久兵衛は京へ修業に出て行ってしまった。

市兵衛一人では切り回せないこともあり、太助は照月堂で職人を続けた。

ところが、今度はそこへ辰五郎がやって来た。この辰五郎もまた、久兵衛とは違う天分を持っていたのである。

「親方としての私は、何も才のある弟子だけがかわいかったわけじゃない。もちろん、倅《せがれ》だからって、久兵衛だけに目をかけたわけでもないつもりだ。けど、太助の悲しさは、後から入った弟子の二人があまりに飛び抜けてたってことなんだろうねえ」

その後、店の商いの方面を一手に任せていた番頭が、何と店の金を持って逃げてしまったことがあったのだという。

市兵衛はそれについてはくわしく語らなかったが、自分の遠縁に当たる者だと言った。縁者のしたことだけに、そのまま涙を呑むしかなかったらしい。

「その後だよ。太助がそれまで着ていた筒袖を脱いで、小袖に前垂れを着けるようになったのはね」

と、市兵衛はしんみりとした声で告げた。

筒袖は職人の着物。

小袖に前垂れは店の奉公人の着物。

太助は自ら商いの方面で、照月堂を支える側へ回ったのだという。

商いに通じた者を余所から探してきてもいいのだと、市兵衛は言ったのだが、余所《よそ》の者は信用できないと太助は言ったらしい。市兵衛の縁者でさえ店を裏切るような真似《まね》をするのだから、余所者などよけいに信じられないというのだろう。

もちろん、血のつながりなどなくとも、太助が照月堂のために一生懸命尽くしてくれるであろうことは信じられた。

その時以来、太助は筒袖を着ることもなければ、厨房へ入ることもなくなった。

「たぶん、太助は……安吉にかつての自分の姿を見ていたんじゃないかと思うんだよ」

きらめくような才があるとは言いがたく、どちらかといえば、頼りない一方の安吉は、それでも菓子職人になる道を進もうとしていた。

そんな安吉に、太助はその道を決してあきらめてほしくなかったのではないか。そして、自分がどれだけ恵まれているか、そのことに気づいてほしかったのではないか。

「まあ、そんな太助の気持ちを、安吉に分かってやれというのは無理なんだろうけどなあ」

と呟きながら、市兵衛の目は畳の上に置かれた安吉の筒袖に向かう。

おまさとなつめも同じように筒袖に目を当てていた。

（ほんとにもう、安吉さんったら、いちばん大事なものを――）

なつめは胸の中で、そう呟いていた。

六

その日、安吉が照月堂に戻ることはなかった。

厨房から引き揚げてきた久兵衛の様子にも、いつもと違ったところは特になかった。朝の椿事《ちんじ》を除けば、何事もなく日は暮れ、なつめは大休庵に帰った。

「なつめはん、何ぞ、心配事でもあるんどすか」

了然尼から声をかけられたのは、夕餉が終わった後のことであった。了然尼の穏やかな風貌を前に、包み込むような声で問われると、つい何でも打ち明けたくなってしまう。

「実は……」

なつめは昨日、亥助が訪ねてきたことに始まり、安吉が姿を消した事態までを、かいつまんで話した。

了然尼は聞き終えると、小さな息を一つ漏らしてから、

「それは、心配なことどすなあ」

と、心のこもった声で呟いた。

「安吉さんも子供ではありませんし、心配ないだろうって、大旦那さんからも言われたんですけれど、何ていうか、安吉さんって……」

次に続く言葉を探しあぐねるように、なつめは口ごもった。すると、それを見ていた了

然尼が続けて、

「放っておけない……ということですやろか」

と、右の頬に笑みを浮かべながら問うた。

「そう、それなんだと思います」

なつめは大いに納得してうなずいた。

「今回だって、たぶん安吉さん本人はものすごく思い切ってした行動だと思うんですけれど、大事な宝物を二つも置き忘れていくようなところがあるし……」

「なつめはんはまるで、安吉はんのお姉はんのようどすなあ」

了然尼は微笑しながら言った。

「お姉さん――?」

なつめは目を見開いて問い返す。

なつめには弟も妹もいなかったから、姉という立場でものを考えたことはない。

第一、安吉はなつめより二つも年上ではないか。だが、そう思うそばから、

(確かに、了然尼さまのおっしゃる通りかもしれない)

という気持ちも湧《わ》いた。

安吉の身勝手さに腹立つことはあるのだが、どういうわけか嫌いになれないのも、そのせいかもしれない。

その時、ふっと消息不明の兄慶一郎の面影が、なつめの心をよぎった。

（兄上……）

姉というのが弟を案じ、その身勝手さを許すものなら、兄というもののもまた、同じように妹のわがままを許し、気にかけてくれるものなのかもしれない。

慶一郎とは、齢の離れた兄妹だったこともあり、兄がどんなことを考え、何を思っているのか、当時のなつめには分からなかったし、知りたいと思ったこともなかった。

ただ、なつめにとって、時には父のように仰ぎ見る存在にも見えた兄の慶一郎は、一方で、幼い妹と菓子の食べる速さを張り合うような子供っぽいところもあった。あるいは、妹を楽しませようと、合わせてくれていたのかもしれないが……。

（兄上、あの晩、父上と何を言い争っておられたのですか。あの時、兄上のお心を占めていたのは、どんな悩みだったのでしょう）

当時の自分は聞いても分からなかったろうが、今は道理の分かる年齢になった。今ならば、兄の胸の内を聞き、理解することもできると思う。

たった二人きりの血を分けた兄妹なのだ。その胸に抱えているものを、分かち合えるものならば分かち合いたいと思う。それも、兄が生きていなければ叶《かな》わぬ夢なのだが……。

「どないしはりました」

黙り込んでしまったなつめを案じるように、了然尼が尋ねた。

「いえ、ふと兄上のことが思い出されて……」

なつめの口から漏れた言葉に、了然尼はほんの少し目を瞠った。これまで、なつめが自ら兄のことを口にしたことはなかったからだ。

「慶一郎はんのことどすか……」

了然尼は慎重な口ぶりで呟いたが、慶一郎について何を語るというわけでもなかった。

「安吉さんが今、どんな気持ちでいるのか、私にもそれなりに想像できるつもりです。でも、同じように姿を消した兄上のお気持ちは、昔も、そして今もまったく分かりません。血のつながった実の兄上ですのに……」

「なつめはんは、慶一郎はんが生きてはると思うのどすな」

公《おおやけ》には、なつめの両親と共に、兄の慶一郎も死んだことになっている。だが、火事の現場に兄の骨だけがなかったという親戚たちのひそひそ話を、なつめは確かに耳にしていた。

そのことをなつめが口にすると、

「お骨というより、亡骸《なきがら》という方が正しいのですやろな。火事というても、骨しか残らぬような火が出たわけではなかったはずどす」

「私、何も覚えていません。火が出たことさえ知らなかったんです。本当に、火事はあったのでしょうか。それに、火付けであれば大罪です。亡骸が見つからなかった兄上は火付けの疑いをかけられなかったのですか。そもそも、亡骸がないのに、死んだことにしてしまうなんて……」

これまで不審に思いながらも、自然と胸の奥底に閉じ込めていたことが、おかしなきっかけで噴き出してきてしまった。息も切らずに言い募るなつめの様子を見ていた了然尼は、そっと溜息を漏らした。

「わたくしは当時、江戸におりましたゆえ、くわしいことは知りませぬ。ただ、何かと不審の多かったのは確かどす。外聞を憚《はばか》った親戚たちがお役人に心づけを渡して、内密に処置してもろうたとも聞いております」

「そんなことを……」

親戚たちのしたことについては、何となく察していたとはいえ、やはり衝撃だった。

父は五摂家《ごせっけ》の一つ、二条《にじょう》家に仕えていた侍だから、場合によってはそのあたりからの口利きもあったのかもしれない。

「あの痛ましい事件の真相を知りたいと、なつめはんが思わはるのは不思議やありまへんし、それならば、わたくしたちはそれに応《こた》えなあきまへん。せやけど、わたくしばかりでなく、親戚の者たちも確かなことは最後まで分からんかったんどす。真相を知ってはるお人がいるとすれば、それは……」

「兄上お一人だけということでございますね」

了然尼の言葉に先んじて、なつめは口走った。了然尼が静かにうなずく。

「了然尼さま。兄上は本当に何かしたのでしょうか。考えるのも恐ろしいことをしたのでしょうか。私はそれを聞くのが、どうしても怖くて……」

こんな気持ちを、これまで了然尼の前で語ったことはなかった。もしかしたら、兄が仕出かしたかもしれないこと——火付け、親殺し、そして逃亡——最悪の事態は教えられるまでもなく、容易に想像できた。だが、その一方で、兄がそんな真似をするはずがないという気持ちも、なつめの心には強く刻み込まれている。

初めて内心の恐怖を口にしながら、体を震わせているなつめの姿に、了然尼はそっと膝を進めた。そして、なつめの両手を優しく握った。

「なつめはんの知りたいことを教えて差し上げることが、わたくしにはできませぬ。申し訳ないことやけど……」

「……いえ。了然尼さまが謝られることなどありませぬ」

なつめは慌てて首を横に振った。その手を握る了然尼の手に力がこもる。

「人というものは……悲しい生き物や」

了然尼は心底から悲しげな口ぶりで呟くように言った。

「自分ではどうにもできぬ鬼を、心に飼ってしまうことがある。慶一郎はんもおそらくは――」

自分でどうにもできぬ心の鬼――了然尼の言葉はあまりにあいまいで、なつめにはよく分からない。兄の中でその鬼が暴れて、父に逆らい、争うような真似をさせたというのか。

「了然尼さまは、心に棲《す》みつくその鬼のことがお分かりになるのですか」

なつめの問いかけに対して、了然尼はほのかに微笑むだけで、そうだともそうでないとも答えなかった。

了然尼自身にも、心に鬼を棲まわせた経験があるのだろうか。そうだとしたら、その鬼がもたらした心の闇とは、一体、どのようなものだったのだろう。

そのことを了然尼に問うことは、さすがにできなかった。

了然尼は握ったままのなつめの手を、そっとさするようにしながら、

「慶一郎はんのお気持ちは今、いくら考えても分かりますまい」

と、静かに告げた。そのままうなずくことはできなかったが、確かに了然尼の言う通りだと思う。

「なつめはんは慶一郎はんを信じてはるのですやろ。ならば、その気持ちを大事にしたらええ。たった一人の妹だけは、自分を信じてくれている。もし慶一郎はんがそのことを知ったら、きっと喜ばれると思いますえ」

了然尼の言葉が、不安と焦りの募った心に少しずつ沁《し》み込んでゆく。

「私は兄上には無事でいていただきたいと思います。そのために、私は今、何をしたらいいのでしょう。ただ、信じる以外に、私に何かできることがあるのならば――」

何もできないでいることがつらい。だが、生死さえ定かでない兄のためにできることなど、なつめは思いつくことができなかった。そんななつめの問いかけに対し、

「徳を積むことどすやろな」

了然尼はさらりと答えた。強く勧めるのではなく、いつものほんわかとした柔らかな口ぶりで、何げないことを口にするかのように――。

「なつめはんが徳を積んでも、それが直に慶一郎はんを助けることは、まずないですやろ。

けど、なつめはんが徳を積めば、それで仕合せになれる人が必ずおります。その人がまた徳を積み、誰かを仕合せにする。それがめぐりめぐって、どこかで慶一郎はんの仕合せにつながることは、もしかしたらあるかもしれまへん」

「どこかで兄上の仕合せに……」

兄に無事でいてほしい。その思いは切実なものだが、兄のために、今、なつめができることはない。

しかし、同じように行方をくらませた安吉のためにできることならばまだあるはずだと、なつめは思いをめぐらした。

「私は今、身近な人のためにできることをすればいいということでございますね。それがひいては、兄上の御ためにもなる、と――」

「積善《せきぜん》とは本来、見返りを求めてするものではありまへんけど、在家の人はそない難しいことを考えんでもええと、わたくしは思います」

なつめの目をじっと見つめながら語る了然尼の言葉に、なつめはしっかりと耳を傾け、うなずいた。

「私は今、安吉さんの力になれればと思います。もちろん、照月堂さんに帰ってきてくれなくては何もできないのですけれど……」

なつめがぽつぽつと言葉を探すようにしながら語るのを、了然尼は時折うなずきながら、黙って聞いていた。なつめの体はもう震えていなかった。了然尼の手がそっと離れてゆく。

「もしかしたら、照月堂さんで幼い坊ちゃんたちのお世話をしているうちに、そういう気持ちが芽生えたのかもしれません。安吉さんは大人だけれど、時に郁太郎坊ちゃんより幼く見える時があるのですもの」

なつめがそう言って、口もとに手を当てて笑うと、了然尼も袖を口に当てて、ほほっと笑った。

「今度は、寺子屋のお師匠はんになりたいなんぞと、言いまへんやろな」

からかうような口ぶりで問いかけながらも、了然尼の眼差しは安心した様子でなつめに向けられている。

「そんなことは申しません。ただ、先ほど了然尼さまがおっしゃっていたように……放っておけないんです」

安吉のことも、郁太郎や亀次郎のことも。彼らには、泣いたり悲しんだりせず、毎日健やかに暮らしてほしい。もちろん、市兵衛や久兵衛やおまさや太助も含めて、照月堂の人々は皆——。

身近な人の仕合せを思う一方で、遠く離れたところにいる兄の仕合せを願う気持ちも強くある。

(兄上は生きておられれば、きっと私の仕合せを願ってくださるはず。同じように、私もまた、兄上の仕合せを祈っております)

安吉も兄も無事でいてほしい——不安に駆られるばかりだった気持ちは、いつしか切実な強い思いに変わっていた。了然尼がいつも見守り、導いてくれるからこそ、自分は心を弱らせず、前を向いていることができる。

なつめは感謝の心を嚙《か》み締めながら、そっと了然尼を見つめ返した。

第三話　非時香菓《ときじくのかくのこのみ》

一

　それから数日が過ぎ、八月が終わりに近付いても、安吉は戻ってこなかった。市兵衛も安吉を捜そうと言い出さないので、何の進展もないまま日々は過ぎてゆく。

おまさの顔には心配そうな色が見え、それを察してしまうのか、郁太郎も元気がない。

亀次郎は時折、安吉の所在を尋ねるが、今は用事でいないのだと言われると、「つまらない」と呟《つぶや》いて寂しげな顔つきになる。

（本当に安吉さんったら、どこで何をしているのかしら）

もしかしたら、実家に帰ったのかと思ったが、場所を聞いていないので捜しようもない。

他に、安吉が行きそうなところといえば、前に世話になっていた氷川屋か、さもなくば、本郷の辰五郎宅か。

氷川屋を訪ねたところで、「今さらどの面下げて戻ってきたか」と怒鳴りつけられて、追い返されるだけだろう。いかにその場の気持ち次第で動きそうな安吉とはいえ、さすがにそこまではするまい。とすれば、一時世話になっていた辰五郎の家というのが、最もありそうな話に思える。

（でも、辰五郎さんのお宅には、大旦那さんがしょっちゅう行っていらっしゃるのだし）

安吉が厄介になっているのなら、市兵衛に知られぬようにしているのは難しいだろう。なつめとしては、それ以上手がかりを持たず、おまさと二人顔を合わせて溜息《ためいき》を吐《つ》くのだが、どうしようもなかった。

久兵衛、市兵衛、それに太助も含め、男たち三人は誰も安吉の話をしない。まるで安吉など照月堂に身を置いていたことはない、とでもいうような態度である。

このまま安吉のいないことに皆慣れていってしまい、安吉の消息は不明なまま、照月堂との縁は完全に切れてしまうのだろうか。

そんな雰囲気が増していった八月の二十七日、日暮れ間近に客人が現れた。

恰幅《かっぷく》のよい羽織姿の男と、若い娘の二人連れである。この男の客が氷川屋の主人と名乗ったというので、番頭の太助は急いで厨房《ちゅうぼう》と奥の仕舞屋《しもたや》に知らせに走った。

二階の子供たちの部屋にいたなつめも、下へ呼ばれ、おまさと一緒に話を聞いた。

「氷川屋といえば、例の安吉さんのいたお店ですよね」

おまさが恐ろしそうに言う。先日、怒鳴り込んできたという亥助の話を聞き、また今度も同じように文句を言いに来たと思ったらしい。

「まあ、先日の亥助という職人よりは、まともに話のできそうなご主人ですが……」

と、太助は言ったものの、表情は厳しいままである。

「旦那さんにも知らせましたが、今は厨房の方で手が離せないとおっしゃっていますので、まずは私が話を聞こうと思います。おかみさんかなつめさんが店番をしていただけると、ありがたいのですが……」

おまさもちょうど夕餉《ゆうげ》の仕度の途中だというので、子供たちを台所に近い部屋へ連れてきて、おまさに預けた後、なつめが店に出ることになった。

氷川屋について来たという若い娘は、もしかしてしのぶなのだろうか。

そう思いながら、なつめは太助について店に向かった。

「お待たせいたしました、氷川屋さま」

暖簾《のれん》をくぐり抜けるなり、太助が如才なく切り出す。

太助に続いたなつめは、黒い羽織姿の男と、その傍らに立つ、白地に菊模様の小袖を着たしのぶの姿を見出した。

しのぶもすぐになつめに気づいた。

最初に店を訪ねてきた日と同様、何か問いたげな目でなつめを見つめてくるのだが、その気配に気づいたらしい父親から睨《にら》まれると、すぐにうつむいてしまった。

「生憎《あいにく》、主《あるじ》は今しばし手が離せませんので、まずは、手前がお話をお伺いいたします。奥の部屋の方へお入りくださいませ。お嬢さまもご一緒に——」

太助が愛想よく言って、氷川屋を招いた。

「話はこの店の主人にする。私どもはどれだけ待たされてもかまわんから、主人にはそう伝えてくれ」

氷川屋は先だって現れた亥助のように、どすを利かせたりはしなかったが、押し出しの強い様子でゆっくりと言った。張り詰めた声ではないのだが、聞く者に緊張を強いる声である。

それでも、太助は怖気《おじけ》づくことなく、

「分かりました。まずはお上がりくださいませ」

と、落ち着いた応対をし、氷川屋を奥へ案内しようとした。奥へ行く前に、店は頼むという目で見られたので、なつめはうなずき、帳場へと向かった。

「あのう、私はここに残ってよろしいでしょうか」

その時、やや甲高い女の声がした。緊張した面持ちのしのぶが足を踏ん張ったような格好で立っている。

先を歩いていた氷川屋と太助が足を止めて、しのぶを振り返った。しのぶは父親の方に目を向けると、父の口が動き出すより先に、

「父さまのお話は、私には関わりありませんもの。私はここでお菓子を見ていたいわ」

と、精一杯の早口で言い継いだ。

「照月堂へ行くなら一緒に行くと言うから連れてきてみれば、お前は菓子を買うためだけに来たというのか」

氷川屋はあきれたものだといった目つきを、しのぶに向けた。

「私は大事な話があって来たのだ。お前はその話に関心があるのだろうと思ったのだが……」

「私はただ、照月堂さんのお菓子が好きだから来たのです。別にかまいませんでしょう。私が私のお小遣いで、好きなお菓子を買うんですから」

しのぶの声は上ずっている。

しのぶはふだんならば父親に逆らうことなど、思いも及ばぬ娘なのだろう。それを、こうまで懸命に言い募るのは、何かよほどのことがあるのではないか。

「それでしたら、お嬢さんはお残りくださいませ。今、他のお客さまはいらっしゃいませんし、私がお買い物のお手伝いをさせていただきますので」

なつめは氷川屋にも聞こえるよう、大きな声で言った。

「ありがとう存じます」

しのぶが救われたような声を上げて言い、氷川屋は不平そうに舌打ちをしたものの、しのぶを置き去りにして奥へと向かってしまった。

氷川屋が奥の部屋へ入ったらしい戸の音が聞こえてから、なつめとしのぶは改めて顔を見合わせた。互いに、どことなくほっとした表情が浮かんでいるのに気づき、どちらからともなく、ふふっと笑い声を漏らしてしまう。

顔を合わせたのはまだ二回目だが、それで若い娘たちの間は打ち解けてしまった。

「お嬢さんは買い物より、お話ししたいことがあるのではありませんか」

なつめがそう話を向けると、しのぶはほとんど迷いもせず、話を聞いてほしいと言った。

それから、

「お嬢さんはやめてください。私のことはしのぶと呼んでもらえれば……。また、あなたのお名前を教えてもらえると嬉《うれ》しいのですが」

と、遠慮がちに続けた。

「私はなつめと申します。ふだんは奥で子守をしているのですが、時にはこうして店番をすることもございます」

なつめはひとまずそれだけ言い、帳場の席へ向かった。その脇に座布団を差し出すと、しのぶは実にきれいなしぐさで正座し、少し改まった顔つきになった。

「なつめさん、この度のことは本当にごめんなさい」

しのぶはそう言うなり、いきなりなつめの前に頭を下げた。

「し、しのぶさん？」

突然のことに面食らってしまったなつめの前で、頭を下げたまま、しのぶは一気に言う。

「本当は、照月堂のご主人や安吉さんに謝らなければならないところなのだけれど、ご主人の前へ出るのは怖いし、父さまがいるところでは何も言えないから……」

「何のことをおっしゃっているのですか。安吉さんは確かに今、困ったことになっていますけれど……」

しのぶに顔を上げてもらおうと、なつめは懸命な口ぶりで言った。だが、なつめの意図とは少し違う理由によって、しのぶはいきなり顔を上げた。

「安吉さんが困ったことに――？　何があったのでしょう」

しのぶの表情は強張《こわば》っている。

「安吉さんは今、照月堂にはいないんです。『気にかけたまうな』って書き置きを残し、姿を消してしまっていて……」

なつめが答えると、しのぶは手で顔を覆いながら「……ああ」と悲壮な呟《つぶや》きを漏らした。

「一体、どうなさったんですか」

しのぶのあまりの嘆きぶりを訝《いぶか》りながら、なつめは訊《き》いた。しのぶは顔を上げると、

「……安吉さんがこちらを出たのは、あの、うちの亥助が無理難題を突き付けたからなんでしょう？」

と、少し遠慮がちに問う。

どうやら亥助が照月堂に乗り込んできた時の経緯については、しのぶも知っているようであった。

「それは、まあ、そうだとは思いますけれど……。でも、しのぶさんが謝ることでは……」

「いいえ、私が悪いのです。私が安吉さんのことや照月堂さんのことを、深く考えもせずに、うちの店の者に話してしまったんですから――」

それから、しのぶが今にも泣き出しそうな顔で、告げたところによれば――。

安吉が置き忘れていった黒文字《くろもじ》入りの楊枝《ようじ》入れに気づいたのは、安吉と同じ部屋で暮らしていた菊蔵だったらしい。

奉公人である菊蔵は勝手に出かけることもできないので、それを預かったしのぶが、菊蔵から聞いた照月堂を訪ねてきたのだという。

「それでは、安吉さんが照月堂にいることをしのぶさんに告げたのは、菊蔵さん……いえ、その菊蔵という職人さんだったのですね」

「はい。菊蔵も定かには知らなかったようですけれど、たぶん、安吉さんはそこにいるだろう、と――」

そこで、照月堂を訪ねてきたしのぶは、ついでに菓子を買って帰った。望月のうさぎも萩《はぎ》の餅もとてもおいしく、素朴ながらはっとさせられる上品な味わいがある。照月堂の菓子を気に入ったしのぶは、気軽な気持ちで父にも勧めた。

それを食べた氷川屋もまた、しのぶと同じような感想を持ったらしい。

見た目は素朴だが味は一流――関心を持った氷川屋は、照月堂のことを店の手代たちに調べさせた。さらに、菓子を買ってこさせた上、氷川屋の親方や職人たちにも味見させたという。

そこで、照月堂が最近になって売り出した辰焼《たつや》きが大いに当たり、客も増えていることなどを知った。

「父さまは、照月堂さんがいずれ、自分の前に立ちふさがるのではないかと思ったみたいです。私が言うのも何ですけれど、父さまのそういう勘って、よく当たるんです。うちの店にいる職人さんたちの中には、父さまがそういう店から引き抜いてきた人もいますし……」

「それって、まさか――」

氷川屋が照月堂に対して、同じことを仕掛けようとしたということになるのか。なつめが口に出すのを躊躇《ためら》った言葉を、しのぶは察したらしく、そっとうなずいた。

そういった経緯から、氷川屋が照月堂の内部に探りを入れたところ、職人といっても、まともな職人は主人の久兵衛一人であり、他には見習いのような職人が一人いるだけだと分かった。

さらに、その見習い職人がかつて氷川屋にいた安吉だとも分かってしまった。

「それを知った亥助が、急に怒り始めてしまって……」

おそらく、亥助としては主人が脅威を覚えるような店に、安吉を行かせてしまったことに責任を感じているのだろうと、しのぶは言う。

「安吉さんがたとえば、うちの店の秘伝の技とか何かを、照月堂さんにお伝えしてるんじゃないかと疑っているみたいなんです」

「で、でも、安吉さんって、大した腕前ではなかったんですよね。秘伝の技を伝授されるような立場には、間違っても届きそうにないんだと私は思ってましたけれど……」

なつめが驚いて言うと、しのぶもおもむろにうなずいた。

「私もそう思うんです。それに、こう言っては失礼ですけれど、安吉が……いえ、安吉さんがいなくなったことで、うちの店が何らかの害を被ったということはないわけですし」

確かにその通りだろう。むしろ、安吉は氷川屋に迷惑ばかりかけているような職人だったのではないか。

「でも、亥助は疑心暗鬼になってしまったようなんです。もしかしたら、安吉さんはもともと照月堂さんと通じていて、うちの店から何かの技でも盗み出したのを機に、照月堂さんへ走ったのではないか、と——」

「まさか」

なつめは思わず打ち消したが、それにうなずきつつも、しのぶの表情は暗いままである。

「私もなつめさんと同じ考えです。私の知る限り、安吉さんはそういう悪企みをするような人ではありませんし」

「というより、できないのだと思いますけれど」

「でも、亥助の考えを聞くうちに、父さまもそれに染まってしまったみたいなんです。亥助が照月堂さんへお邪魔した時、こちらのご主人や番頭さんが、安吉さんを庇《かば》っているらしいと聞いた父さまは、自分が乗り出していって、この問題に片を付ける、と——」

「片を付ける、って、どういうことを考えておられるのでしょうか」

氷川屋の物騒な物言いに不安を募らせて、なつめは訊き返した。

「おそらくですけれど……安吉さんに代わる職人を一人、氷川屋へ譲るよう要求するのではないか、と」

亥助が口にしていたのと同じくらいの無理難題ではないか。なつめは慌ただしく首を横に振った。

「無理です。照月堂には職人っていえば、安吉さん以外には旦那さんしかいないというのに……」

「もちろん、それは父さまも分かっております。その上で、何か氷川屋にとって有利になる話を持ちかけるのではないか、と思うのですけれど……」

そこまではしのぶにも想像がつかないようだ。だが、今の話から推し量れば、安吉の問題は実は氷川屋にとってはどうでもよくて、真に恐れているのは、ただひとえに久兵衛の腕前だけということになる。

(旦那さんはどうご返事なさるのかしら)

そして、この照月堂はどうなってしまうのか。安吉の身の上も心配だが、こうなっては、店も、そしてなつめ自身の身も安泰とは言っていられなくなる。

(どうして、こんなことに――)

しのぶと二人、暗い目を見交わしたその時、

「邪魔いたすぞ」

と、何やら仰々しい声を放ちながら、表通りから入ってきた客があった。

二

「戸田のおじさまではございませんか！」

知った顔を見たら思わずほっとして、なつめは我知らず弾んだ声を上げてしまった。

了然尼の友人であり、先日、照月堂の菓子を買い求めてくれた戸田露寒軒である。本郷に住んでいるというから、この駒込の辺りは散歩道といったところなのかもしれない。

「いらっしゃいませ」

なつめが挨拶すると、しのぶは遠慮がちに口をつぐんで、座っていた場所も少し奥の方へずらしてしまった。

「ほう、そなたが出迎えてくれるとは、わしが参ることをまるで分かっていたようではないか」

露寒軒はなつめの姿に相好《そうごう》を崩し、にこにこしながら言った。

「いえ、そういうわけではないのですが……」

なつめが言うのをろくに聞きもせず、

「そちらは先客であったかな」

と、露寒軒はしのぶの方に目を向けて尋ねた。

「え、ええ。菓子を求めに来てくださったのですが、つい話し込んでしまって……」

「ふむふむ。若い娘の話好きはいつの世も変わらぬものだからな」

露寒軒は若い娘たちの擁護に立つような口ぶりで、上機嫌に言う。

「実は、先日買《こ》うてまいった菓子が、なかなか美味だったものでな。悪友の陶々斎《とうとうさい》めもすこぶる気に入っていたようであった。あれはなかなか菓子の味にはうるさい男だからな。まあ、ここの菓子は悪くはないということじゃ」

もったいつけた物言いではあったが、取りあえず、露寒軒は照月堂の菓子を褒め称《たた》えようという心づもりらしい。

「ありがとう存じます」

なつめは素直に礼を述べておいた。

「今日は、どのようなものをお求めでしょうか」

「ふむ。先日は買えなかったが、ここでは辰焼きとやら申す不思議なる菓子を売っていると聞いた。今日はぜひともそれを包んでもらおうか」

口の利き方はいつも通り高飛車なのだが、声の調子や表情はどうやら辰焼きという菓子に興味津々といった様子なのである。

なつめは露寒軒の希望を聞くなり、表情を曇らせて頭を下げた。

「申し訳ございません。辰焼きは決まった時刻に焼き上げて、売り出すのでございます。

いつもは、昼の八つ（午後二時）、八つ半（午後三時）、七つ（午後四時）に売るのですが、今日はもう七つを回ってしまったので、お売りすることはできないのです」

「そうか。なれば、また改めて来るしかあるまいな」

露寒軒は残念な気持ちを隠し切れない様子で呟いた。

「戸田のおじさまがお求めだということになれば、必ずやお取り置きしておくようにと、主も申すと思うのですが、辰焼きは温かいうちに食べるのがいちばんおいしゅうございますので」

「ならば、その時刻を狙って来なくてはならぬということじゃな。まあ、気が向いたらそういたそう」

露寒軒はそう言い、後はなつめに任せるので、適当に菓子を包んでくれと言った。

そこで、なつめは望月のうさぎを二つ、蒸籠《せいろ》から取り出した。他には、饅頭《まんじゅう》と萩の餅
——求める客の多い菓子を選んで、露寒軒の許しを得る。

それらを包んでいるうちに、もしこの照月堂が危うくなれば——という先ほどの不安が再び込み上げてきた。

今、こうして話題にした辰焼きを、露寒軒に食べてもらうことも難しくなってしまうかもしれない。そうしたら、露寒軒はさぞかしがっかりするだろう。

「あの、戸田のおじさま」

包みの紐《ひも》を結ぼうとしていた手を止めて、なつめは露寒軒に目を向けた。

「何じゃ」

露寒軒は見事な顎鬚《あごひげ》に手を当てながら、おもむろに問い返す。

「よろしければ、ご相談したいことがあるのですが」

「ふむ。何でも申すがよい」

なつめに声をかけられて、まんざらでもなさそうな表情の露寒軒は、あっさりと承諾した。もちろん、この話をするにはしのぶの許しを得なければならない。

なつめはしのぶの方に向き直ると、先ほどの話を露寒軒に相談したいと持ちかけてみた。

まずは、露寒軒がどういう人物なのかを、少しは説明しなければならない。なつめはその学者として、歌人としての声望を告げ、信用できる人だと話した。

「戸田先生のご評判なら、私も存じています」

しのぶは評判高いその露寒軒に対面していることに驚いたらしく、小さな声を上げたが、露寒軒はそれが聞こえたのかどうか、そ知らぬふりをしている。しかし、顎をいじる手の動きがぎこちなくなったようだ。

「何より、知識や知恵を借りるにはこれ以上の人はいないと思うんです。いかがでしょうか、しのぶさん」

なつめが声に力を込めて言うと、

「なつめさんがそう言うのなら――」

と、しのぶは先ほどよりも小さな声で返事をした。

こうしてしのぶの許しを得ると、なつめは上がり框《がまち》に座布団を持ち出して露寒軒に勧め、自分はその傍らに座って、これまでの経緯を話し始めた。

安吉のことから話さなければならないので、少し長くなってしまったが、露寒軒は腕組みをして、時折、うなずきながら、話を最後まで聞いた。

「つまり、氷川屋がこの店に無理難題を仕掛けるのではないかと、そなたは案じているというわけじゃな」

「はい」

「そして、その難題を乗り切る方法を教えてほしいと、こういうわけじゃな」

「はい。照月堂に何事も起こらず、さらに安吉さんがこれ以上、困ったことにならないでくれれば、と思うのですが……」

なつめが言うと、露寒軒はふんと鼻を鳴らした。

「その男のことに関しては、くだらんとしか言いようがない。そもそも、そなたたちが気にかけるほどの人物ではないと思うが」

「それはそうなんですけれど、でも、しのぶさんは自分に責めがあると感じていらっしゃるし、私としても何だか放っておけないというか……」

「まったく……。くだらぬ男が女子《おなご》の心を惑わせるほど、腹の立つことはない！」

露寒軒がやけに熱い口ぶりで怒りを表したので、なつめは慌てた。

「わ、私もしのぶさんも、安吉さんに惑わされてなどおりません。そもそも好意を抱いているわけでも……。あ、私はそうですけれど、しのぶさんは……」

「私とて、そんなことは……」

しのぶも細い首を激しく横に振る。

「まあよい。そのくだらん男のことは知らぬが、照月堂を守る方法ならばないこともない。わしが一言、その席に参って口を利いてやれば、すぐさま実現するじゃろう。ただし、これは照月堂が自作の菓子の出来栄えに、よほどの自信を持っていなければできぬことじゃが……」

露寒軒は話を元に戻すと、なつめの顔色をうかがうように見た。

味わいが他の店の品に劣るなどと思ったことは一度もない。京で食べたことのある菓子と比べても、氷川屋の菓子と比べても、決して劣るものではないと思う。

主菓子《おもがし》については、久兵衛の作るそれをいくつも食べたわけではないが、少なくとも七夕の時に売り出した〈天の川〉という葛《くず》菓子は茶席に出せる一品で、見た目も十分美しかった。

先日の〈養生なつめ〉とて、目的が薬をおいしくいただくということではあったが、美しい煉《ね》り切りだから茶席に出せないものでもない。

それに、太助が言っていたではないか。

――ああいうのを才があるというのだなと思いましたよ。

次から次へ、見本帖《みほんちょう》の菓子を仕上げていったという久兵衛――その姿をなつめ自身が直《じか》に見たわけではないが、太助の言葉には重みがあった。その久兵衛を身近に見て、職人の道をあきらめたという太助の言葉には――。

「照月堂の旦那さんの腕前は、確かなものだと私は思っております」

なつめは嚙《か》み締めるような口ぶりで答えた。

「さようか。ならば、口利きの労を取ってやらぬでもない」

露寒軒は顎鬚をおもむろに撫《な》ぜながら、胸を張って言った。


それからしばらくして、照月堂は店じまいをし、厨房の仕事をひとまず終えた久兵衛が店の客間に姿を見せた時、なつめはしのぶ、露寒軒と共にその席に居合わせていた。

久兵衛はすでに事と次第を、太助から聞いている。入ってくるなり、まずは氷川屋に待たせたことを詫《わ》び、その後、露寒軒の方に体ごと向き直って頭を下げた。

「戸田さまにまで、とんだご迷惑をおかけすることになりましたようで」

露寒軒は顎鬚に手をやりながら、おもむろにうなずいた。

「ふむ。まあ、こうなった上は、わしも公平な立場から、おぬしらを仲裁する役を果たす所存であるゆえ、そう心得ておくがよい」

仰々しいその言葉と態度に対し、久兵衛ばかりでなく、他の者たちも返す言葉を持たなかった。

「ところで」

ごほんと咳《せき》ばらいをしてから、何とか気を取り直したらしい氷川屋が口を開いた。

「当方の用件は、すでに番頭さんから照月堂さんに伝わっているかと思うが、その返答をまずお聞かせいただきたいものですな。返答次第では、戸田さまに仲裁の労を取っていただかずとも済むのやもしれませぬし」

氷川屋の言葉を聞き、久兵衛は背筋を正すと、再び氷川屋の方へ向き直った。

「それはつまり、安吉の代わりとなる職人を一人、うちから氷川屋さんへお譲りすれば、この件は収めようという申し出への返答ですな」

「さようです。うちの職人の亥助はいささか荒くれたところがありますからな。安吉を追い出すか、暖簾を下ろせ、などと乱暴なことを言ったそうですが、そのことは主として詫びを入れさせていただきますよ」

氷川屋は慇懃《いんぎん》な口ぶりで言い、頭を下げた。それから滑らかな口調で先を続ける。

「何、私はさようなことは申しません。安吉を返さずとも別の職人を回してくれれば、それで事を収めようと思っている」

「それについては、果たしたくとも果たすことができません。うちの店は、主の私が菓子を作り、その他の職人は安吉より他にいないのですからな」

きっぱりとした久兵衛の返答に、氷川屋の口もとがほんの少し緩んだ。氷川屋はすぐに表情を引き締めると、言葉を継いだ。

「ならば、致し方ありませんな。安吉はうちの店に不義理を働いた。その安吉をお宅は店に入れた。それについては、相応の責めを負っていただかなければなりませんよ。不義理がまかり通るほど甘い世の中じゃありませんからね」

「では、うちにどうしろと――？　たった今、氷川屋さんはうちに暖簾を下ろせとは言わぬとおっしゃったが」

「それは申しません。その代わり、こちらで売っている辰焼きの作り方を伝授していただきたい。その上で、うちが辰焼きを売ること、今後一切、照月堂さんでは辰焼きおよび、それに似せた菓子を作って売ることはしない、そう証文を書いていただきたいわけです」

「辰焼きを、だと！」

　この代案の申し出に、久兵衛は驚愕《きょうがく》のあまり目を見開いた。太助も同様だった。

なつめはつい先ほど、露寒軒に辰焼きを食べてもらうのが難しくなるかもしれないと思い浮かべた予測が現実のものになりかけて、息を呑《の》んだ。

「それは……できねえ」

　ややあって、久兵衛の口から呻《うめ》くような声が漏れた。

　ただ単に売れ筋の品を譲れ、と言われているだけではない。辰焼きは辰五郎の置き土産であり、辰五郎自身もこれをさらに磨いたものを、これから開く店の名物の一つにしようとしているのだ。照月堂の都合だけで決めてしまえることではない。

　だが、この自ら持ち出した二つの案を、いずれも拒絶されたにもかかわらず、氷川屋の表情に落胆は浮かんでいなかった。むしろ、してやったりとでもいったような、昂奮《こうふん》を無理に抑え込んでいるような気配さえうかがえる。

（もしや、旦那さんに二つの案を断らせた上で、いよいよ店じまいをしろと、最後の難題を突き付けてくるつもりなのでは……）

いきなり無理難題を押しつけられるより、その方がこちらの負担は重くなる。

さすがに大店の主人というだけあって、駆け引きは巧みなようであった。

このままでは氷川屋の思う壺《つぼ》だと、照月堂の皆が焦ったその時、

「あいや、待たれよ」

露寒軒が重々しい口ぶりで、間に割って入った。

「わしの見るところ、話し合いは決裂したようじゃ。そこで、わしの方からある案を出させてもらおうと思う。これは、菓子屋であるおぬしらには、まさに似つかわしく、これに勝《まさ》る案はないというほどのものじゃ」

またもや大袈裟な物言いで、露寒軒は得意げに言った。

氷川屋がどれほど裕福で、力のある商人であろうとも、今は隠居の身とはいえ武家の出であり、学者としても歌人としても名の知られた露寒軒の言葉に、表立って逆らえるはずはない。

氷川屋は途端に不快そうに唇を歪《ゆが》めたが、その口が開かれることはなかった。

「では、言おう。おぬしらは菓子屋の誇りをかけ、菓子で競い合いをするのじゃ。勝ち負けを明確に決めて、勝った方が負けた方に一つ要求をいたす。ただし、いかなる要求であ

れ、負けた方はそれを呑まなければならぬ」

「競い合い、ですと――」

露寒軒の言葉が終わるか終わらぬうちに、氷川屋が驚きの声を上げた。

久兵衛も驚きを隠せぬようではあったが、口に出しては何も言わない。

「氷川屋が職人を奪われ、引き下がれないという意地も分かる。されど、逃げた職人を店へ入れただけで、不義理の何のと責められるのは、照月堂が気の毒と言えなくもない。これは、どちらが正しく、どちらが誤りと決めることはできぬものじゃ。ゆえに、正式な競い合いで事を決する。正しき心で臨めば、その競い合いは天が嘉《よみ》してくれるじゃろう」

朗々たる声で説明する露寒軒の言葉を受けて、

「つまり、裁定を天に委ねるというわけですか」

と、氷川屋が一語一語を区切るように言った。

「さよう。神といっても仏といってもよい。そういえば、確か菓子の神を祀《まつ》る神社もあったと記憶しているが……」

露寒軒が記憶を探るような眼差しをして呟くと、

「それは、中嶋《なかしま》神社に祀られる田道間守命《たじまもりのみこと》のことでございましょう。うちの店でも毎年、寄進をしておりますよ」

と、氷川屋が間髪を容れずに言った。

「おお、そうであった。遠い昔、垂仁《すいにん》天皇の使者となって、〈非時香菓《ときじくのかくのこのみ》〉をわが国に運んだ者が神として祀られたという」

「ときじくのかくのこのみ……」

その話を初めて耳にしたなつめは、つい場もわきまえず、小さく呟いてしまった。それを隣で聞き留めたしのぶが、

「橘《たちばな》の実のことなのですって」

と、そっと耳打ちしてくれる。小さな声であったが、老人とも思えぬ耳のよさで、露寒軒はしのぶの呟きを耳に留めたらしい。

「さよう。氷川屋の娘御はよう知っておるな」

満足そうに笑みを浮かべてうなずいている。しのぶは高名な歌人から思わぬお褒めに与《あずか》ったことに驚くと、顔を赤くしてうつむいてしまった。露寒軒はそれにはかまわず、滔々《とうとう》とした口ぶりで先を続ける。

「非時香菓とは、不老不死をもたらすと言われていた。が、田道間守がわが国へ帰ってきた時、その実を奉りたかった垂仁天皇はすでにお亡くなりになっておられたのじゃ。田道間守はこの実を天皇の墓に供え、そこで亡くなったという。この田道間守は菓子の祖、菓子の神として中嶋神社に祀られておる。生憎《あいにく》にして、わしはまだ詣《もう》でておらぬがな」

最後はいかにも残念そうに、露寒軒は付け加えた。

「お菓子の……神さま……」

初めて聞いた話に心をつかまれたまま、なつめは茫然《ぼうぜん》と呟いていた。

「さよう。菓子とはもともとは『果子』。すなわち、果物の実を指す言葉であったのじゃからな」

露寒軒はわざわざ宙に「果」という字を大きく書いてみせながら、なつめに教えてくれた。

菓子の神さまがおわすとは、まったく知らなかった。その神さまの祀られている神社があるのなら、自分も何とかして行ってみたいと思う。

「それで、中嶋神社とはどこにあるのでございますか」

なつめは、競い合いのことも一瞬忘れて露寒軒に尋ねていたが、それを咎《とが》める者は一人もいなかった。

「但馬国《たじまのくに》じゃ」

露寒軒が答える。江戸から見て、京よりもさらに遠い場所である。

簡単に行けるところではないと分かって、なつめはたちまち落胆した。

「田道間守命を祀っている神社ならば、京にもありました。吉田神社では田道間守命と林《はやし》浄因命《じょういんのみこと》を祀っております」

久兵衛がその時、遠慮がちに口を開いた。それを聞いた露寒軒の顔には再び満足げな笑みが浮かんだ。

「ほう、さすがは菓子屋の主たちじゃ。古き事柄を知り、己《おの》が道を守る神を祀るのはまことに褒められた所業といえよう」

悦に入った様子で、露寒軒が何度もうなずいているのに対して、

「それはよいのですが、競い合いの方はどういうことになるのでございましょうや」

と、氷川屋が苦々しさを嚙み殺すような顔をして尋ねた。

露寒軒は思い出したように「ふむ」とうなずくと、

「こうして田道間守命の名が双方の主の口から出た以上、これは神の嘉する競い合いと思うべきであろう。これを拒むは、菓子の神の加護を拒むというようなものじゃ」

と、まるで自身が神官か何かであるかのように、厳《おごそ》かな調子で続けた。

そうまで言われれば、断るとは言い出しにくいだろう。とはいえ、久兵衛も氷川屋もすぐに受け容れるとも言い出しかね、いつの間にか、互いの腹を探るかのように顔を見合わせている。

「受け容れぬのは、己の店の菓子に自信がないからか」

露寒軒が二人の菓子屋の主人たちの顔を見比べながら問う。

「さようなことはありません！　私はこの競い合いを受け容れましょう」

弾かれたように、久兵衛が答えた。

一歩出遅れた氷川屋も、久兵衛の言葉が終わらぬうちに、

「当方も自信はございます。よろしいでしょう。すべてを競い合いに託するということで承知いたしました」

と、堂々とした物言いで告げた。

「ならば、決まりじゃ。公平を期すために、菓子のお題はわしに決めさせてもらうというのでいかがかな」

露寒軒が申し出たことに、久兵衛も氷川屋も反対はしなかった。「では」と露寒軒はおもむろに咳ばらいをすると、

「間もなく重陽《ちょうよう》の節句ゆえ、それに合わせた菓子というのでどうであろうか。せっかくだから、節句用の菓子を店で売るということも考え、競い合いはその二日前、すなわち九月の七日でどうじゃ」

と言う。これにも、久兵衛は黙ってうなずいた。一方、氷川屋の方は、

「お題と日取りについてはよろしゅう存じます。されど、その判定は誰がいたすのですか。これも、戸田さまということになるのでしょうか」

と、後半は不服そうな表情を浮かべながら尋ねた。

この店に来合わせたことで、露寒軒が照月堂の客であることは知られている。今の申し出も公平を装いながら、照月堂を守ろうという立場でいることは、とっくに察知されているだろう。そうした氷川屋の胸の内は、露寒軒も分かっており、首を横に振った。

「いいや、お題を出した者が判定をするのは公平ではない。ゆえに、判定人は氷川屋から一名、照月堂から一名、好きな者を推せばよかろう。しかし、それでは判断が分かれてしまい、勝ち負けが決められぬことにもなる。よって、わしの知り合いで菓子好きの男がおるゆえ、その者を加えて推挙したいのであるが、いかがかな」

露寒軒が推挙したい男とは、友人の陶々斎であった。陶々斎は四谷に暮らす冴《さ》えない御家人であるという。

陶々斎とは本名ではなく、露寒軒の手になる、江戸の案内を兼ねた珍道中記『紫《むらさき》の一本《ひともと》』に登場する人物の名である。この書物は、露寒軒と陶々斎の実体験をもとに書かれたものであった。

その後、彼は私的な場では、本名を名乗らず陶々斎と名乗るようになったそうで、今は露寒軒も陶々斎としか呼ばないのだという。そうしたどうでもいい経緯《いきさつ》を、長々と説明された後、

「陶々斎は照月堂の客ではない。氷川屋の菓子を食ったことはあるかもしれんが、だからといって問題はあるまい。この男でいかがであろう」

と、話を元に戻されて尋ねられた時、首を横に振る気力のある者はいなかった。

こうして、菓子のお題、競い合いをする日取り、判定する人物までが決まった。

競い合いの判定をする場所については、氷川屋が座敷を提供しようと申し出た。

「しかし、それでは、照月堂さんがこちらで作った菓子を運ぶまでの間に、風味が落ちるなどの不利な点が出てきてしまう。よって、いくらかの下拵《したごしら》えはこちらでやってもらい、最後の仕上げはうちの厨房を使ってはどうですかね。うちの職人たちも当日、そこで作業をするだろうが、そのくらいの広さはある。まあ、道具や材料はそちらで運んでもらうしかないが……」

その提案を、久兵衛はすべて了承した。誰が作るかという点については、

「店の者であれば、そこはそれぞれが勝手に選べばよいのではないか」

という露寒軒の意見に、誰も異論は挟まなかった。

他に職人のいない照月堂は、久兵衛が作るより他にない。

氷川屋では、親方と選《え》り抜きの弟子たちが作ることになるのだろう。

（氷川屋さんには、職人さんが大勢いる。旦那さんには手助けしてくれる人が誰もいないのに……）

せめて辰五郎のいる時であれば——。こういう時、何の力にもなれない自分がもどかしくてならない。

（何か、私にできることはないかしら）

なつめはそのことを真剣に考え始めた。

三

客人たちが帰ってゆき、久兵衛と太助、なつめの三人だけになると、部屋の中は何やらがらんとして感じられる。

「旦那さん、一言よろしいですか」

店の者だけになった時、最初に口を開いたのは太助であった。

「何だ」

と、久兵衛が応じる。

「私は旦那さんの腕を信じています。けど、相手が氷川屋というんで、不安もないわけじゃありません。あっちには何人もの弟子を抱える親方がいて、人手も多い。それはつまり、菓子の案を考える頭数だって多いということです」

「それは仕方がない。それに、俺は一人でやることに慣れている」

久兵衛の声に動揺は感じられなかった。

「とはいえ、厨房で水汲《みずく》みや洗い物をする手がないのでは……」

太助が遠慮がちな口ぶりで呟く。

せめて安吉が勝手な判断などせず、照月堂に留まってくれていれば、その人手だけは足りていたのだ。

しかし、隠居の市兵衛に厨房へ入ってもらうわけにもいかないし、覚悟を決めて職人の道を外れた太助に、今だけ厨房で水汲みや洗い物をしろと言うわけにもいかない。

「おい、なつめ」

その時、不意に久兵衛から名を呼ばれて、なつめは飛び上がらんばかりに驚いてしまった。

「は、はい。何でしょうか」

「お前、重陽の菓子を考えてみろ」

唐突に、久兵衛は告げた。

「えっ、それは菓銘ということですか」

これまでなつめは菓銘を考える時だけしか、力を求められたことがない。今度もそれかと思ったのだが、

「菓子のない菓銘なんぞ、どうやって考えるんだ」

あきれたような久兵衛の言葉が返ってきた。

「そ、それはつまり、私が菓子そのものを考えるということですか。でも、私はどういう菓子にどういう材料を使うのかさえ、よく分かりませんし……」

「誰もお前に材料から作り方まで考えろなんて、言ってねえ。重陽にふさわしい菓銘を持つ菓子――その形や色付け、まあ、できるなら味わいや香りまで、考えてみろって言ってるんだ」

思いがけない久兵衛の言葉に、なつめの胸は打ち震えた。何か熱いものが込み上げてきて、すぐには言葉にならない。

「どうなんだ。やるのか、やらねえのか」

久兵衛から凄《すご》みのある声で問いただされたなつめは、

「やります。ぜひやらせてください」

と、今度は間髪を容れずに返事をした。

その時、店の表の戸が開く音がして、人の入ってくる気配があった。

「ただいま、帰りましたよ。戸の鍵がかかっていなかったから、ちょいと気になって、表から失礼するよ」

市兵衛の声が部屋の中まで聞こえてくる。ややあって、本人が顔を見せた。

「おや、なつめさん。まだいたのかい？　今から帰るんじゃや、提灯《ちょうちん》なしでは歩けないですよ」

市兵衛はなつめの姿を見出すなり、まずそう口にした。

いつもより少し早い店じまいであったとはいえ、その後、露寒軒を交えた会談に同席し、その後も留まっていたのだから、もう暮れ六つ（午後六時）をずいぶん過ぎてしまっているだろう。

あまり遅くなっては了然尼を心配させるかもしれないと、なつめはすぐに帰ることにした。

「旦那さん、ありがとうございます。よい案を出せるよう、精一杯考えてみます」

そう言って久兵衛に頭を下げると、なつめは一足先に部屋を後にした。

おまさから提灯を借りて、大休庵へ戻る間に、ふと市兵衛から借りた見本帖のことが頭をよぎった。あの中に参考になるものがあるかもしれない。まずはそこから当たってみようと、なつめは足を速めた。

夕餉を終えてから自室にこもり、行灯《あんどん》の火を引き寄せて、なつめは見本帖を眺め始めた。

春の菓子から始まる見本帖は季節を追って描かれているらしく、やがて夏の菓子を挟んで、秋の菓子が現れてくる。

重陽の節句は秋も半ばを過ぎた頃の行事だから、それにふさわしい菓子も終わりの方に出てくるのだろうか。

秋の菓子としては、月見団子はもちろん、女郎花《おみなえし》や尾花など秋の七草の花を形にしたものや、葉の形をした煉り切りに、葛《くず》で作るのだろうか、透明な雫《しずく》が一つ添えられた〈葉末《はずえ》の露《つゆ》〉という菓子が描かれていた。

どれも美しく風情があって、つい溜息を漏らしながら見入ってしまうが、紙を繰っていくうちに、

「あっ、菊の菓子だわ」

目指すものが現れた。

重陽の節句は菊の節句とも言われるから、やはりそれにふさわしい菓子といえば、菊にまつわるものだろう。

菊の菓子は見開き二葉にわたって、いくつも描かれていた。中くらいの大きさの黄菊、白菊の菓子は無論、牡丹《ぼたん》のように華やかな大菊を模したと思われるもの、また、一風変わったところでは、酒の入った杯に菊の花を浮かべた〈菊酒〉という菓子もあった。

菊の花を模した煉り切りは、いくつも描かれており、花の形も一重もあれば八重もあり、色もさまざまある。確かにどれも美しく、菓子にすれば食べるのが惜しいほどの完成度に

なるだろうが、目新しさにおいては欠けるような気もする。

なつめは見本帖の写しを作るつもりであったから、まずこの二葉の菓子をすべて写し取ることにした。そうするうちにも、何かよい案が浮かぶかもしれない。

だが、絵筆を手にすると、筆先に神経を集中させなければならず、それどころではなかった。もちろん、ほとんど緊張することもなく、さらっと描ける菓子の絵も見本帖の中にはある。先ほどの葉末の露などは描くのも楽そうだし、望月のうさぎだって、絵心のない者でもそれなりに描けるはずだ。

しかし、菊の菓子はどれも複雑である。細かい菊の花びらの一枚一枚を描くのに、どれほど神経をすり減らすことか。そして、それはおそらく菓子を作る現場でも同じことなのではないか。

その晩、なつめはとても二葉の絵を写し終えることができず、ひとまず半分だけ写し取り、作業を終えた。それだけでも、床に入る時には腕や肩が痛くなっており、かつて絵を描くのに夢中になっていた頃にも、こんなことはなかったのではないかと思ったりした。

その翌日のこと。

結局、朝になっても、どんな菊の菓子がよいのか、これという案も浮かばなかった。

ただ、見本帖の絵を写してみた結果、やはり本物の菊をきちんと観察する必要があるのではないか、となつめは思うようになっていた。

（そう言えば、駒込には植木屋さんが多いし……）

　この辺りの植木屋を回るだけでも、今の季節、さまざまな菊の花を見ることができるのではないだろうか。あの見本帖は市兵衛が昔、描いたものだろうし、その後、新しい菊も改良されているかもしれない。

　そんなことを朝の道で思いながら、なつめは照月堂に向かった。

　その後は、いつものように二階で子供たちの手習いを見て時を過ごし、その間は菊の菓子のことも考えられなかったのだが、昼の七つ（午後四時）を過ぎた頃――。

　仕舞屋の方に思いもかけぬ客が現れた。

「ごめんくだせえ。辰五郎です。どなたかいらっしゃいませんか」

　その声が二階まで届いたので、郁太郎と亀次郎が色めき立った。

「辰五郎さんだ」

　郁太郎がいつになく子供らしい弾んだ声を上げる。

　下にはおまさがいるはずだから、応対しているだろう。子供たちを会わせるという話になれば呼ばれるはずだからと思い、なつめは二人には手習いをそのまま続けさせた。

　そうするうち、

「なつめさん、ちょっといいかしら」

と、おまさから声がかかった。

「はあい」

なつめは自分だけ廊下に出て、階段に向かった。

「なつめさん、下りてきてもらえる？」

と、おまさが言うので、子供たちも一緒がいいのかと問うと、なつめ一人でいいという返事である。

そこで、なつめは子供たちには手習いを続けておくよう指示をし、一人で一階へ下りた。

「辰五郎さんが来てくれたのだけれど……」

階段の下で待ち構えていたおまさが、なつめに小声で告げた。

「それが、安吉さんと一緒なのよ」

「安吉さんと――？」

なつめは目を見開いた。

「中へお入れしたのですか」

「いえ、それはうちの人の考えを聞かないと……」

と、おまさが言うので、なつめはもっともだと思い、うなずいた。

「なつめさんも安吉さんのことを心配していたでしょう。それで、ひとまず来てもらったのよ。取りあえず、辰五郎さんにだけ中へ入ってもらおうと思ってるんだけれど、なつめさん、厨房にいるうちの人に声をかけてきてくれないかしら。手が空いたら、こっちに来てほしいって」

「分かりました」

なつめはうなずき、おまさと二人、玄関口へ向かった。

辰五郎は玄関先に顔を見せており、「やあ、なつめさん」と歯を見せて挨拶した。

だが、どことなくきまり悪そうな顔をしているのは、やはり安吉を連れてきているせいかもしれない。

おまさがひとまず辰五郎だけ中へ入るように促し、なつめは草履を履いて庭へ出た。

そこで、玄関から少し離れたところに立つ安吉の姿を見出した。

「安吉さん！」

我知らず大きな声が出てしまう。

「……いやあ」

安吉はさすがにきまり悪いらしく、いったん目を合わせたものの、すぐになつめから目をそらしてうつむいてしまった。

「安吉さんたら、これまで辰五郎さんのところにいたんですか！」

それならば、辰五郎の家へ出入りしていた市兵衛は、すべて知っていたのだろう。その市兵衛も一緒に戻ってきたのかと思ったが、他に人はいないようだ。

「今、旦那さんにお声をかけてきます」

安吉にそう言い置くと、なつめは小走りで厨房へ向かった。

安吉は一瞬、怯《ひる》んだ表情を見せたものの、さすがに逃げ出しはしなかった。

なつめは厨房の戸口を叩《たた》き、「旦那さん」と声をかける。中から「ああ」と返事があっ

たので、戸は開けず、

「辰五郎さんが仕舞屋の方にお見えです。手が空いたら来てほしいと、おかみさんがおっしゃっていますが」

と、さらに言うと、しばらくして戸が内側から開いた。

「辰焼きを店の方に出したところだから、ちょうど手は空いた」

と言いながら、久兵衛が厨房の中にこもった湯気と共に現れる。

「旦那さん、安吉さんも来ているんです」

なつめはすぐに、今度は小声で告げた。

「何だと」

久兵衛の声が険しくなり、眉間《みけん》に縦皺《たてじわ》が寄る。続けて、久兵衛の口からどんな言葉が漏れるのか、予想がつかず、なつめは全身を緊張させた。

久兵衛の目が仕舞屋の玄関から少し離れたところに立つ安吉の姿をとらえた。

次の瞬間、安吉が弾かれたようにこちらへ駆け出してきた。

「旦那さんっ！」

と、叫ぶように言うなり、安吉は地面に膝をついて座り込んだ。

「この度のことはどうお詫びしていいか――。本当に申し訳ございません。何もかも俺のせいです」

安吉は舌をもつらせながらも、懸命に謝罪の言葉を述べ立てた。日頃の調子のよさは消え、とにかく必死であることは全身から伝わってくる。

「おい、はき違えるなよ」

その時、久兵衛が淡々とした声で告げた。一瞬にして、安吉の表情ばかりでなく、なつめの表情まで凍りついた。

「お前は一体、何を謝ってるんだ？」

久兵衛は決して声を荒らげることなく、ごく落ち着いた声でしゃべっている。だが、それだけに内に秘めた怒りや嘆きが並々のものではないように感じられ、傍《はた》で聞いているなつめさえ、背筋の寒くなる思いがした。

「お前のせいで、うちの店が危うくなったみたいに考えて、それを謝ってるんだとしたら、とんだお門違いだ。お前は自分の職人としての値打ちを、それだけ大したもんだと考えてるってことになる」

「いえ、そういうわけでは……」

顔色を蒼《あお》ざめさせ、安吉は首を横に振った。

「じゃあ、お前は何を謝ってる？　お前の何が悪かったんだ」

「それは……勝手に店を……」

安吉はうな垂れたまま、聞き取れないほどの小さな声で言った。その声が最後まで終わらぬうちに、

「そう思うんなら、ここ以外にも行くところがあるんじゃねえのか」

それだけ言うなり、久兵衛は安吉をそのままにして歩き出した。

「旦那さん!」

安吉は体の向きを変えると、久兵衛の背中に向かって頭を下げた。

「勝手に店を飛び出したりして、本当に申し訳ないことをいたしました」

久兵衛はいったん足を止めたが、振り返ることはなくそのまま仕舞屋の方へ向かって歩き出した。

なつめはその後を追った。

久兵衛は安吉を家へ入れるつもりはないようだが、それは仕方がない。少なくとも、安吉は久兵衛にきちんと謝罪をし、久兵衛は許さずともその言葉を聞いてくれた。そして、さらに安吉の為《な》すべき道を示唆してやった。

安吉も、自分の今やるべきことが分かっただろう。

(もう道を間違えないで、安吉さん)

なつめは胸の中だけでそっと声をかけ、その傍らを通り過ぎて、久兵衛の背中を追った。

四

久兵衛は辰五郎の待つ居間へ向かったが、その時、なつめにも一緒に来るよう告げた。

居間へ入ってゆくと、辰五郎は久兵衛が座るのを待ち、深々と頭を下げる。

「旦那さん」

辰五郎の声は懐かしさにあふれ、久兵衛の表情も穏やかであった。久兵衛に続いて部屋へ入ったなつめは、辰五郎の斜め後ろに座り、二人のやり取りに聞き入った。

「さんざん世話になっておきながら、ご無沙汰《ぶさた》して相済みません。店開きが決まったら必ずご挨拶に伺おうと決めてたんですが、生憎、まだ目途が立ちませんで」

「親父が顔を出してるんだから、お前が達者でやってることは分かってたんだ。気にすることはねえ」

挨拶が一段落したところで、

「ところで、旦那さん」

と、辰五郎が改まった様子で口を開いた。

「安吉をうちに置いといたことについては、本当に申し訳なかったと思います。ただ、あいつが自分でけじめをつけるべきだと思い、雨露をしのぐ屋根は貸してやったんですけど、余計な口出しは控えていました」

「親父がそれでいいと言ったんだろ」

「それは、まあ、そうなんですが……」

言いにくそうな口ぶりで言った後、辰五郎は少しうつむいた。

「ならいい。お前が気にすることじゃねえ」

久兵衛は穏やかな表情のまま言った。

「ただ、氷川屋さんとの競い合いのこと、ご隠居さんから聞いて、あっしは自分でじっとしていられなくなって、ここへ来ちまいました。安吉がついて来たのは、あっしが勧めたんじゃなくて、自分でそうしたいと言い出したからなんです。何を旦那さんに言うつもりだったのかも聞いちゃいないんですが……」

「それについちゃ、もういい」

久兵衛はあっさりした口ぶりで言うと、

「それより、お前の用件は何か、聞かせてもらおうじゃないか」

と、辰五郎を促した。

「競い合いの件なんですが、旦那さんがその菓子をお作りになることについちゃ、何の心配もしていません。けど、水汲みやら湯沸かしやら、雑用をする手は要《い》り用でしょう。だから、旦那さん。この度は、あっしをその役に使ってもらえませんか。もちろん菓子作りには口を出しませんし、これまで一緒にやってた分、旦那さんの呼吸も分かってるし」

それが、今日思い切って照月堂を訪ねてきた目的なのだと、辰五郎は懸命な口ぶりで言った。

しばらくの間、無言で腕組みをしていた久兵衛は、ややあってから腕をほどくと、

「お前の心遣いはありがてえがな、辰五郎」

と、切り出した。

「この競い合いでは、店の者を使って作るという取り決めがあるんだ。生憎だが、お前は

すでにうちの店の者じゃねえ。だから、お前に手伝わせるわけにはいかねえんだよ」

久兵衛の言葉に、辰五郎はがっくりと肩を落とした。

「そんなに心配するには及ばねえさ」

不安の色を消すことができない辰五郎を安心させようというつもりか、久兵衛は続けて、いつになく軽い口ぶりで言った。

「うちの店にはまだ、手伝いを任せられる者がいる」

「まさか、ご隠居さんに水汲みをさせるわけじゃねえですよね。あっ、それじゃあ、番頭さんを――？」

辰五郎の声がふと明るくなった。

太助が職人として修業を積んだ身であることを思い出したのだろう。

「いや、それは望んじゃいけないことだろう」

久兵衛の声がわずかな翳《かげ》りを含んだものとなる。

「そう、そうですよね。余計なことを申しました。すみません」

辰五郎が頭を下げて言った。

（お二人とも、番頭さんがどんな心持ちで職人の道を離れたか、知っているんだわ）

と、なつめは二人のやり取りから察した。

「しかし、それじゃあ、旦那さんは水汲みから湯沸かしまで、全部お一人でなさるおつもりですか」

心配そうに辰五郎が言ったのを受け、久兵衛は不意になつめの方に目を向けると、

「こいつがいるだろう?」

と、顎をしゃくるようにしながら言った。

次いで辰五郎の目がなつめに向けられた。

「えっ、なつめさん?」

驚きの声を放ったのは、辰五郎であった。なつめ自身も言葉もないほど驚いている。

「どうなんだ?」

驚きから覚めやらぬなつめに、久兵衛の問いが向けられた。

「どうって、あの、何をお答えすれば……」

自分でも何を言っているのか分からず、まともな返答ができない。

「旦那さんの菓子作りのお手伝いをする気があるのかって、お尋ねなんだよ」

なつめより先に驚きから脱していた辰五郎が、それでも十分に昂奮した口ぶりで、なつめに口添えする。

「……私を厨房に入れていただけるんですか。私に菓子作りのお手伝いをさせていただけるんですか」

「お前は照月堂の者じゃねえのか」

久兵衛がぶっきらぼうな口ぶりで問う。

「も、もちろん、こちらの奉公人です!」

「なら、お前に手伝わせても取り決めを破ったことにはなるめえ」

久兵衛が言い終えた途端、

「やらせてください。ぜひ、手伝わせてください！」

なつめは前につんのめりそうな勢いで、返事をした。

「なら、決まりだな」

商い用の菓子を作る暇を縫って、明日からさっそく競い合いの菓子の試し作りを始めると、久兵衛は告げた。

明日は八月二十九日——競い合いの当日九月七日まではもうあまり日がない。

店で売る菓子を作り終えるのが大体七つ時だが、それから暮れ六つまでの間、厨房に入って仕事を覚えるようにと言われ、なつめは勢いよく「はい」と答えた。

胸の奥の方から熱いものが込み上げてきて、返事をする声がかすれてしまいそうになる。

そんななつめを、辰五郎は「よかったな」という声が聞こえてきそうな目で見つめていたが、それから、久兵衛の方に向き直ると、

「旦那さん。あっしから一つお願いがあるんですけれど、いいでしょうか」

と、声も表情も改まった様子で切り出した。

「何だ」

「その競い合いまでの日、子守をする人がいなくなっちまって、おかみさんが大変でしょう。その間だけでも、坊ちゃんたちをあっしに預けてもらえませんか。ご隠居さんがあっ

しの家へ連れてきてくれてもいいし、あっしがこちらへ伺ってもいいですが」

と、辰五郎は言い出した。

「しかし、お前だって店を開くための仕度があるだろうに……」

「いや、店を開けてるわけじゃないんで、融通が利きます。それに、いつもご隠居さんにお世話になってるんですから、そのくらいのことをしないと。別にそうしたお手伝いなら、氷川屋さんが文句をつけてくることもないんでしょう？」

「それはまあ、大丈夫だろうが……」

「じゃあ、ぜひそうさせてください」

辰五郎は熱心に言った。

その時、「失礼します」という声がかかり、戸が外から開けられた。

おまさが二人分の茶碗をのせた盆を手に、中へ入ってきたのである。

おまさは辰五郎と久兵衛にそれぞれ茶を差し出し、久兵衛の横に座ると、おもむろに口を開いた。

「今のお話、外で聞いてしまいましたが、辰五郎さんさえよろしいのであれば、お願いできないでしょうか。その方が、なつめさんも安心でしょうし、あたしも助かりますから」

おまさが先だって体調を崩したことは、久兵衛とて気になるところだろうし、おまさが承知であれば断る理由もない。

「なら、そうさせてもらおう。すまないな、辰五郎」

久兵衛が辰五郎に穏やかな声で言うと、辰五郎はほっと安堵《あんど》した。

「いえ、何かお役に立ちたかったんで、そう言ってもらえると、あっしも嬉しいです」

「本当に助かります、辰五郎さん。子供たちもきっと喜ぶわ」

おまさの言葉に、辰五郎は笑顔を浮かべた。

「あっしが字を教えると下手になっちまうかもしれねえんで、ただの遊び相手になっちまいますが」

「そんなことは気にしないでちょうだい。ただ悪いことをした時に、叱ってくれれば、それでいいから」

それでは、明日からは市兵衛に相談した上で、子供たちを連れて行くか、辰五郎に来てもらうか決めようということになった。どちらにしても、明日はなつめが子供たちを連れて、辰五郎の家へ向かうということで話は決まった。

その時、なつめは思い切って切り出した。

「旦那さん、一つ申し上げてもよろしいでしょうか」

「何だ」

「昨日、考えるように言われた重陽の節句の菓子なんですけれども、菊のお菓子がいいだろうとは思っても、これというのが思いつきません」

なつめは昨日から見本帖を写してみたこと、それを見ているうちに本物の菊を見るべきだと思ったことなどを続けて話した。

「駒込には植木屋さんも多いですし、少しだけでも、菊の花を見に行くことを許していただけたら、ありがたいのですが……」

一日か二日だけでもいいし、一日のうち一刻（二時間）でも半刻（一時間）でもかまわないので、許してもらえないだろうか——と言うと、久兵衛はややあってから、

「そうだな」

と、どこか遠い目をした様子で呟いた。

「旦那さん……？」

久兵衛の様子に、辰五郎が不審な目を向ける。おまさも不思議そうな目をしていた。

「いや、俺も昔、親父から菊の菓子を教えられた時、最初にこの辺りの植木屋——昔はそんなに数もなかったんだが、その店を見て回ったもんだと思ってな」

「そうでしたか。あっしも同じです」

と、辰五郎は微笑んだ。

「あっしは巣鴨《すがも》の方も見て回りましたね。あっちにも植木屋が多いから」

久兵衛は辰五郎にうなずき返すと、なつめに目を向けて言った。

「それじゃあ、明日は取りあえず、子供たちを連れて辰五郎のところへ行きがてら、植木屋を回ってみるといい。その時の様子を聞かせてもらってから、まだ暇が必要なら少し融通を利かせよう。ただし、明日からは厨房の下働きをやってもらう。いいな」

「はい」

「もちろん重陽の節句の菓子についちゃ俺も考える。これという手がかりがあったら、思いつきでもいいから何でも話せ。いいな」

「分かりました」

久兵衛の熱のこもった目に向かって、なつめは真剣な表情でうなずき返した。

五

――ここ以外にも行くところがあるんじゃねえのか。

久兵衛の言葉が耳の奥にずっと残っていた。

(俺は……一体いつから、はき違えていたんだろう)

久兵衛の前で頭を下げる前まで、安吉の頭の中にあったのは、「何とかして氷川屋に競い合いを取り下げてもらいたい」というそれだけだった。恩を受けた照月堂が困ったことになったのは自分のせいだと、確かに思っていたし、それで自分を責めていた。

だが、久兵衛は言った。安吉がそんなふうに考えるのはお門違いだ、と――。

言われてみれば、確かにその通りだという気がした。

自分の取った言動はすべて、自分の腕前をそれなりのものだと考える傲慢《ごうまん》なものだった。

そして、自分はいつだって、己に都合よくしか物事を考えていなかった、と――。

知らないことは教えてもらって当たり前、長く勤めた奉公先では大事にしてもらって当たり前、職人不足で困っている店は受け容れてくれて当たり前。

自分の頭の中には常にそうした考えがあったと、安吉は思う。それが通用しない人もももちろんいた。安吉を怒鳴りつけたり、殴りつけたりする人たちだ。

だから、安吉にとって、他人とは二つに区別できるものであった。安吉につらく当たる者たちと、安吉の都合のよいように動いてくれる優しい者たち。

だが、そのいずれにも当てはまらない人物に、安吉は初めて出会ったのだった。

久兵衛である。

怒鳴ったり殴ったりすることなく、安吉にある種の緊張感を与えるのが久兵衛だった。

特に、これということを口にするわけでもないのだが、ずっと敬遠してきた職人の世界の厳しさやつらさ、進歩の実感さえ疑わしい中での努力の必要というものを、肌で感じさせてくれる人物でもあった。

だからこそ、安吉は自分でも知らぬうちに、久兵衛のことを職人としてばかりでなく、一人の男としても尊敬するようになっていたし、久兵衛にこそ、自分を認めてもらいたい、受け容れてもらいたいと、強く願うようになっていた。

他人に対しては、常に優しくしてほしいとばかり願っていた安吉にとって、それは初めて胸に抱いた願いであった。

（そんな旦那さんを、俺は裏切ってしまった……）

言い訳したいことはいろいろある。だが、どんな理由があったにせよ、店の主人であり親方でもある久兵衛に、何の挨拶もせず、店を飛び出したのはあまりに軽々しかった。

だが、安吉がはき違えたそもそもは、そこではなかったのだ。

（俺は、同じことを氷川屋に対してもしちまってたんだ……）

しかも、平然としていた。不義理を働いたとも思わなかった。

（俺のそうした態度が、亥助さんや氷川屋の旦那さんを怒らせちまったんだ）

それが、照月堂を競い合いに巻き込む結果になったから、氷川屋に頭を下げるのではない。そもそも、してはいけないことをしたから、頭を下げなければならないのだ。

久兵衛はそのことを教えてくれたのだと思う。

今こそ、本気で自分の仕出かしたことを謝り、許しを乞わなければならない。

安吉はその一心で、もう二度と足を向けることはないと思っていた氷川屋へ赴いたのであった。

店の表から入ることはできないので、職人たちの住まいや厨房のある裏通りの方へ回る。敷地にめぐらされた垣根に沿って進むと、やがて安吉には見慣れた大きな厨房の建物が現れた。

といって、厨房へ入ってゆくことも許される身ではないので、安吉は垣根につけられた枝折戸《しおりど》の前で、人が出て来るのを待つことにした。

厨房の窓からは湯気が出ているので、誰かがいることに間違いはないのだが、人の出入りはなかった。もう夕刻も間近なので、この日に売る菓子はすでに作り終えているはずである。

茶席の菓子の注文でも入ったのか、あるいは、競い合いに向けて試し作りでもしているのだろうか。

そう思いながら、厨房にばかり目を向けていた安吉は、別の方向からじっと自分を見ている眼差しに気づいて、はっと顔を動かした。

裏通りをこちらへ向かって進んでくる人影があった。

(亥助さんっ！)

どくん、どくんと、心の臓が張り裂けんばかりに跳ねている。

突然、飛びかかられて殴られるのではないかと恐ろしかったが、亥助は枝折戸から少し離れたところで足を止めた。その目はじっと安吉に据えられたままである。

(謝るなら今しかない)

安吉は己を叱咤《しった》した。恐ろしさのあまり、逃げ出してしまいたくなる心を奮い立たせて歩き出す。

(やり直すためには、ここから始めなくちゃだめだ)

安吉は一歩一歩、亥助に近付いていった。亥助はいかがわしいものでも見るような目つきで、安吉の動きを見据えている。

「い、亥助さん！」

安吉は亥助の前まで行くと、必死に口を動かした。その先は、そうしようと思っていたわけでもないのだが、体が勝手に動き、その場に土下座していた。

「勝手をして、申し訳ありませんでした」

額を地面に押しつけて謝罪の言葉を述べる。

「親方やご主人にも頭を下げなければならないところですが、まずは亥助さんに謝らせてください」

「お前、照月堂との競い合いの話、聞いたんだな」

亥助は低い声で尋ねた。

「……へえ」

安吉は頭を下げたまま答えた。

「お前が頭を下げりゃ、競い合いが取り下げてもらえるって腹で、ここへ来たのか」

安吉は答えられなかった。

久兵衛に会う前なら、そう考えていたに違いなかったし、亥助がそう言うのも分かる。反論はせず、安吉は黙っていた。

「まあ、お前の考えそうなことは分かるが、競い合いはもう、お前だって俺だって、口出しなんかできねえところで決まったことなんだよ」

もはや取り下げてもらうのは無理なのだと、安吉も納得するしかなかった。

「それから、親方やご主人に頭を下げるってのも、あきらめるんだな。今となっちゃ、お二方をいっそう不快にさせるだけのことだ」

安吉は唇を噛み締め、その言葉を受け容れた。そう言われるのはもっともだった。

「照月堂にしたって氷川屋にしたって、競い合いに勝つしかねえんだよ。それが菓子屋の、菓子職人の意地ってもんだろ。てめえに言っても、もう関わりのねえ話なんだろうが」

返す言葉がなかった。

亥助は安吉が氷川屋に働いた不義理について、いっさい咎《とが》めなかった。もはや、そんなことはどうでもいいと思っているのかもしれないし、その怒りをぶちまけたところで、安吉を罰することにはならないと思っているのかもしれない。

「お前、菊蔵がどうしているか、知ってるか」

不意に、亥助が思い出したように言い出した。

「菊蔵……？」

かつて自分と同じ部屋に寝起きしていた職人仲間の名を、安吉はなぞっていた。

安吉に照月堂のことを教えてくれた菊蔵とは、氷川屋を出て以来、会ってもいないし、思い出してみることもあまりなかった。

「菊蔵はなあ、今度の照月堂との競い合いの菓子作りで、親方の手伝いに選ばれたんだよ」

「菊蔵が……？」

亥助の言葉は安吉に大きな衝撃を与えた。

表情からそのことを察したのだろう、亥助の口もとに意地の悪そうな笑みが浮かぶ。

「今だって、あそこで親方に修業を見てもらってる」

亥助は厨房の方に目をやりながら言った。

安吉はのろのろと顔を上げ、再び厨房の方に目を遊ばせた。我知らず立ち上がっていた。どういうわけか、足がふらふらとそちらへ向かって進んでいこうとする。

「おい、待てよ」

亥助が乱暴に安吉の肩をつかんだ。安吉は足をもつれさせるようにして止まらされた。

「お前はもう氷川屋の職人じゃねえだろ。厨房に入れやしねえし、中をのぞき見るなんてこと、許されるわけねえだろ」

その言葉に、安吉はうな垂れるしかない。

「菊蔵とお前じゃ、もともと才能もやる気もけた違いだったが、今じゃあ、天と地ほどの差だな。これからも差はますます広がっていくだけだぜ。菊蔵は一流の菓子職人として成功し、お前を雇ってくれる菓子屋なんざ、この江戸にはねえだろう。照月堂にも見捨てられたようだしな」

いたぶるような亥助の言葉は、かつて亥助に怒鳴られた時よりも、もっと鋭く安吉の心を傷つけてくる。かつてのように、体が固まって動くのもままならないということはなかったが、その代わり、胸が張り裂けるのではないかと思えるほど苦しかった。

「お前のような鼻つまみ者はろくな仕事にもありつけねえ。せいぜい仕事を替えながら日銭を稼ぐぐらいだろうよ。まあ、地べたに這《は》いつくばって、泥水をすするような暮らしを送るのが、お前には似合いというものさ」

厳しすぎる言葉だった。

だが、自分はこのくらいのことを言われても当たり前だ、と思った。むしろ、言ってもらわなければ落ち着かない。

（俺はもう……本当に菓子の世界には戻れないのか）

深くものを考えずに行動する自分の浅はかさを、これほど呪わしく思ったことはかつてなかった。

六

翌日、照月堂へ出向いたなつめは、郁太郎と亀次郎を連れて、本郷の辰五郎の家まで送っていくことになった。そのついでに植木屋を見て回り、昼九つ（正午）までに戻ってくるようにと、久兵衛から申しつけられている。その後は厨房へ入り、雑用をすると共に、競い合いの菓子作りについて久兵衛からの指図を受ける。

「なつめさん、植木屋で菊の花を見て回りたいと言ったそうですな」

店開きの前、仕舞屋の方に来ていた太助が、なつめの姿を見つけるなり、そう声をかけてきた。

「はい。今日は絵筆と帳面も持ってきました。見ただけでは忘れてしまうこともあると思うので、気になった花は描きつけておこうと思いまして」

手にした風呂敷包みを持ち上げて言うなつめに、太助は目を細めた。

「いい心がけです。もしかしたら――」

言いかけた太助は、「いや」と首を横に振って、その先の言葉を濁してしまった。

「私が昔、大旦那さんの描いた見本帖を夢中になって見ていたことがあったと、お話ししましたよね」

ふとなつかしげな口ぶりになって、太助は言う。

「はい。よく覚えております」

「私が職人を目指していたことも、大旦那さんから聞いているんですな」

太助からそう尋ねられ、少し困惑しながらも、なつめはうなずいた。本人のいないところで聞いてしまったのは、申し訳ないように思うが、太助は気にしている様子ではない。

「私も菊の菓子を作らせてもらったことがありましてね。菊といえば、花の形をした菓子の中でも、特に高度なものとなります。あの花びらの一枚一枚を、煉った餡で拵えていくわけですから」

太助の口ぶりが少しばかり熱くなったように聞こえた。

「私は気持ちを奮い立たせた。これをうまく拵えて、職人として一歩も二歩も前へ進むのだ、と――」

なつめは大きくうなずいていた。その気持ちは職人の道を歩み出していない自分でも、よく分かると思う。

そして、太助にそういう熱い思いを抱いた時期があったということが、何だか嬉しくもあり切なくもあった。

「その時、私が何をしたと思いますか」

太助がふと、なつめに物問うような眼差しを向ける。

「いえ、私には想像もつきません」

「私は大旦那さんの見本帖とにらめっこしてばかりいました。後は厨房に引きこもって、煉り切りの形を自在に拵える練習ばかり。他にもまあ、いろいろしていたと思うが、とにかく私の目は見本帖と厨房の道具にしか向かなかった」

そう言ってから、太助はなつめに向かってにこりと笑った。

「旦那さんも辰五郎さんも違った。あの二人は、まず本物の菊を見るために、この辺りの植木屋を回ったんだそうですね。私はそのことを知りませんでした。昨日、なつめさんの話と一緒に聞かされたんですよ」

いい舌に、いい手先――と、太助はまるで謡《うた》いでも口にするような口ぶりで続けた。

「えっ……」

「菓子職人に必要なものですよ。それに、いい目――といったところでしょうな。もっとも、それだけじゃないと思いますが」

奥深いところまで行き着く前に、その道を離れたので分かりませんがね――と、太助は

わず頭を下げていた。

「いい目でもって、しっかり見てきてくださいよ、なつめさん」

太助はそう言うと、店の方へ戻っていった。その小袖に前垂れをした姿に、なつめは思わず頭を下げていた。

その日、なつめは郁太郎と亀次郎を本郷へ連れて行った帰りに、駒込の植木屋を回った。一口に菊といっても、花びらの形がそれぞれ違い、色も黄、白、薄紅色が主体だが、どれ一つとして同じ色というわけではない。

「へえ、菊の菓子をねえ」

なつめが事情を話すと、面白そうに話に乗ってくれる店の主人や番頭などもいて、そういう店で気になった花を描かせてもらったりした。

その日、なつめは昼九つに照月堂へ帰り、昼餉を摂った後、厨房へ入った。いい菊を見つけたか、と久兵衛から訊かれるかと思ったのだが、久兵衛は特に何も尋ねなかった。なつめは久兵衛から指図を受けるまま、水汲み、湯沸かし、道具の洗い物などの雑用をこなし、目まぐるしく動いているうちに時が過ぎていった。

久兵衛は店に出す菓子を作る他には、特に競い合いの菓子の試し作りをするでもなく、昼七つになると、後片付けをなつめに言いつけ、厨房を出て行った。最後に、

「明日も植木屋を回るのか」

とだけ、久兵衛は尋ねた。

「できれば、回らせていただきたくお願いいたします」

なつめは即座に答えた。いくらかの花を帳面に描き、風変わりな面白い形のものもあったが、これという何かは見つけられなかったからだ。

「なら、明日も今日と同じようにするがいい」

久兵衛からそう許しを得たので、翌日もなつめは昼九つまで、植木屋の菊を見て回った。

その菊に出会ったのは、昨日から合わせて十軒目くらいの店を回った時だったろうか。

「あら、これは何ですか」

なつめはその不思議な菊に気づいて、店の主人に声をかけた。五十ばかりに見える主人が一人いるだけの小さな植木屋だったが、なつめが尋ねると、

「それは、きせ綿だよ」

と、主人がぼそりと答えた。

「きせわた――?」

「ああ。今じゃ、あまりやる家も植木屋もねえが、ずっと昔から続く風習だ。菊の花に綿を被せて、その露を染み込ませる。それで肌を拭うと老いをぬぐうことができるんだよ。本当は重陽の節句にするもんなんだが、これを面白がってくれるお客さんもいてね。きせ綿の菊をわざわざ買ってく人もいるんで、うちではまあ節句の前から、ちょいと用意してるんだ」

「そうなんですか。見た目も何だかかわいらしいというか、おいしそうな感じ」

なつめが呟くのを聞き、

「おいしそうか。お嬢さん、変わったこと言うねえ」

植木屋の主人は楽しげな笑い声を上げた。

なつめが菓子屋で奉公しているのだと言うと、道理で——と納得したようにうなずく。

絵を描かせてもらっていいかと頼むと、かまわないと言ってもらえた。

なつめはきせ綿をされた菊の絵を丁寧に描いた。もっとも、きせ綿の中の菊は表からは見えない。だが、これが菓子になった場合、上の綿の部分を取り除いたら、どんな菊の花が出てくるのか、見た目の驚きや楽しさを味わうこともできそうな気がする。

「ありがとうございました」

なつめは丁寧に礼を言って、その植木屋を後にした。

その日も昼九つに照月堂へ戻り、昨日と同じように厨房の雑用を手伝ったが、やはり久兵衛はなつめに植木屋の件を尋ねることはなく、最後に翌日も植木屋を回りたいかとだけ尋ねた。なつめは少し考えた末、

「いえ、明日はけっこうです」

と、答えた。続けて、

「明日、前に申し付かった重陽の菓子について、お話ししたいと思うのですが……」

と、切り出すと、久兵衛はいいだろうとうなずいた。

その日、なつめは大休庵に帰った後、了然尼にきせ綿について尋ねてみた。

「ああ、それなら御所にお仕えしていた頃、奥女中のわたくしたちも、きせ綿を賜《たまわ》ることがありましたなあ」

と、了然尼はなつかしげな口ぶりで言った。

宮中では、重陽の節句の際、菊の香りの染みついた綿で肌を拭うことが行われていたという。

「それは、いつ頃から行われていたものなのでしょうか」

さらになつめが尋ねると、七百年ほど前にはもう行われていたのだろうと、了然尼は答えた。何でも、『源氏物語』を書いた紫式部がその日記に、菊のきせ綿のことを書いているそうだ。

「菊のきせ綿について詠《よ》まれた歌などはないのでしょうか」

「もちろんありますえ」

了然尼は楽しそうな声で言うと、一首の歌を口ずさんでくれた。


垣根なる菊のきせわた今朝みれば　まだき盛りの花咲きにけり

――垣根に咲いている菊の花にきせ綿をした。それを今朝見てみると、きせ綿は老いた人のためのものだというが、まだ盛りの菊の花が咲いているなあ。

きせ綿が老いを拭うものだということと、花の盛り——つまりまだ若さを残しているということを絡めているのだろう。この作者はこの歌を詠んだ時、実際の年齢はともかく、気持ちとしては十分に若々しく充実していたのではないか。

老いの寂しさを詠った歌なら悲しいが、この歌は心が浮き立つような明るさがある。

「ありがとうございます。了然尼さま」

なつめは植木屋で描いたきせ綿の絵の横に、了然尼から教えてもらった歌を書きつけた。

明日、これを久兵衛に見せよう。そう思った時、なつめの心は熱く沸き立っていた。

第四話　菊のきせ綿

一

翌日の九月一日の朝、植木屋で見つけた菊のきせ綿の風習と、了然尼から教えてもらった和歌を久兵衛に話したところ、

「菊の花を象《かたど》った菓子はいくらもあるが……きせ綿を菓子にしたものは見たことがねえ」

久兵衛はきせ綿を菓子で表す、ということに興味を示した。

しばらく考えてみようといって、その場は終わったのだが、その日の仕事があらかた終わった頃、

「これまでに作られてるのと似たような菓子より、新しいもので勝負するのが今回はいいだろう」

と、久兵衛は言った。

「お前が言っていたように、綿の部分を取り除いたら、中にある菊の花がくっきり現れるってのも面白いだろうし、綿が透けて中の菊が見えるってのもいいだろう。菊の花は煉《ね》り切りで決まりだろうが、綿は思案のしどころだな。まあ、それはともかく」

　そこで言葉を切った久兵衛は、おもむろに腕を組むなり、

「〈菊のきせ綿〉ってのは、そのまま菓銘として使えそうだ」

　と、口もとを緩めて言う。

　久兵衛は、古風な風習の「きせ綿」を菓銘に用いる一方で、これまでにない菓子の形を作り上げることに職人としての意地と野心を懸ける気持ちでいるらしい。

　こうして、どんな菓子を作るかはひとまず決まった。

　菊の煉り切りについて、なつめが久兵衛から意見を求められたり、工夫を考えろと言われることはなかったのだが、菊の上に被せる綿の部分について、

「お前も考えてみろ」

　と言われた。案を出すことができたら、場合によっては道具を使わせてやってもいいと言われ、なつめは胸を昂《たか》ぶらせた。

　子供たちを辰五郎が預かってくれるようになってからのなつめは、厨房《ちゅうぼう》で雑用を手伝っていたが、店に出す菓子は昼の七つ（午後四時）過ぎで作り終わる。

　その後、久兵衛は毎日、菊の煉り切りの試し作りに取り掛かるようになり、なつめは後片付けが終われば、「綿」の部分について考える暇ができた。

食器を洗うための水を井戸へ汲《く》みに行った時、ふとその傍らを見ると、菊の花が咲いている。植木屋で売っているような立派なものではなくて、群れて咲く野菊だろう。薄紅色のものと白いものがあった。

植木屋で見た綿を思い出し、どんな材料で作れば、それらしいものが出来上がるか考えてみる。

白餡《しろあん》というのがすぐに浮かびはしたが、それでは、菊の煉り切りと似たような食感になる上、見た目も重苦しいだろう。

(昔、ふわっとした白いものの中から、何かが出てくる蒸し物を食べた気がするけれど……)

あれは何といっただろうか。どうしても思い出せなかったが、それから後片付けを終え、久兵衛が一息吐《つ》いている時に尋ねてみると、

「それは、京のかぶら蒸しじゃねえか」

という話だった。

久兵衛も京にいた頃、食べたことがあるが、江戸では見たことがないらしい。当時、作り方に関心を持った久兵衛は、聞いたり調べたりしたという。

「蕪《かぶ》をすりおろして、卵の白身に混ぜると聞いたが……」

菓子ではないので実際に作ったことはないのだが、

「蕪は菓子の材料としては使いにくいだろう」

と、久兵衛は言った。なつめも確かにそうだろうと思う。

「卵の白身だけなら、かき混ぜれば泡が立つから、うまく使えるかもしれねえな」

久兵衛はさらに、厨房の卵は使い切ってしまったが、仕舞屋《しもたや》でおまさに訊《き》いてみるといいと言った。

それで、なつめはその日、仕舞屋でおまさから卵をもらい、その白身だけを取り出してかき混ぜ、泡立てようとした。その作業は仕舞屋の台所でさせてもらったのだが、菜箸《さいばし》を使って泡立てるのが思っていたよりひと苦労だった。

「それじゃあ、なかなか泡立たないわねえ」

おまさが菜箸をさらにもう十本ほど用意してくれ、それらで一気にかき混ぜると何とか泡立った。その時には、もう右腕が疲れて重くなっていたのだが、

「これに、砂糖を混ぜれば、綿に見立てることができるのではないでしょうか」

なつめはその泡立てた卵を手に、厨房へ戻って、久兵衛に見せた。

久兵衛は無言で、それを箸で少しすくうと、砂糖と少し混ぜ合わせて味を見た後、なつめに返した。口に入れてみろということなのだろうと思い、指ですくってそれを舐める。

おいしいとは、あまり思えなかった。甘くはなっても、深い味わいは感じられない。

「これでは、菊の煉り切りの味を死なせてしまいますね……」

なつめはうつむき、力のない声で呟《つぶや》いた。右腕の重みが増してきた気がする。

「たった一遍で、いいものが作れると思っていたのか」

久兵衛から厳しい声で言われた。

確かにそういう甘い考えはあったかもしれない。それに、腕が動かなくなるほど苦労して泡立てたのだから、報われてほしいという思いもあった。

「今日はもう片付けろ。明日は葛《くず》を使って作ったらどうなるか、考えてみるといい」

久兵衛が言った。

葛を使うということは、綿に見立てた部分が透ける形にして、中の菊の花を初めから見えるように拵《こしら》えるということだろう。どんなふうに葛を使えばいいのかは、皆目見当もつかなかった。

「……はい」

なつめは返事をし、後片付けを済ませてから大休庵へ戻った。

気を取り直し、もう一度、卵の白身で試し作りをしてみようと思ったのは、大休庵で夕《ゆう》餉《げ》を摂った後、一息吐いた頃であった。

白砂糖で駄目なら、他の甘味ではどうなのか。甘葛《あまずら》や黒砂糖、水飴《みずあめ》などで試してみたい。

なつめはお稲に、卵やそれらの甘味があるか尋ねてみると、すべて台所にそろっているという。

さらに、卵の白身だけ使わせてもらうことができるか訊くと、お稲は少し考えてから答えた。

「余った黄身の方は醤油につければ、明日の朝、おいしく食べられますから、いいでしょう」

しかし、照月堂ですでに腕を使いすぎたなつめが、先ほどのように十本ほど用意してもらった菜箸でもたもたかき混ぜていると、

「ああ、ああ。それじゃあ、無理ですよ」

と言って、お稲が代わりにやってくれた。手早く泡立てていく手際のよさは見ていてほれぼれするほどだ。

情けないが、今夜はお稲の力を借りるしかない。

出来上がったものを、三つに分け、甘葛、黒砂糖、水飴をそれぞれ混ぜてみる。この三つは白砂糖を入れるよりも味わいがあるような気がした。卵の白身に味はないから、それぞれの素材が生かされている。

この中では、甘葛が最も味わい深いのではないか、となつめは思った。

「そうそう。お稲さん、少し待っていて」

なつめはそう言うと、提灯《ちょうちん》を手に台所の外へ出て行き、少ししてから戻ってきた。手にしたそれを水でしっかりと洗い、お稲から見えないところで、先の卵の白身を泡立てたものと合わせて、ある拵えを施す。

「これを、それぞれ味見してみてちょうだい」

お稲は言われた通り、箸で白身をすくい取り、それを口に入れようとしたが、

「あれ、まあ」

と、驚いた声を上げた。中から黄色い菊の花が出てきたからだ。

お稲の反応に思わず笑みがこぼれる。疲れも吹き飛んだような気がした。

「これ、本物の菊ですか」

「ええ。庭に咲いていたのを摘んできたの。実際はこれを食べられるお菓子で作るのよ」

なつめは少しばかり得意そうな口ぶりになって言った。

「この工夫、お稲さんはどう思う？」

期待を込めて、お稲の口もとを見つめながら、なつめは訊いた。その期待の大きさがありのままに伝わってしまうからだろうか、お稲は少々微妙な顔つきになると、

「そうですねえ。面白いとは思うんですけども……」

と、少し躊躇《ためら》うような口ぶりで切り出した。

「ところで、これは、どういうお方が召し上がるんですか」

お稲の問いかけに、なつめは少し考え込んだ。

競い合いの判定人は、それぞれの菓子屋が一人ずつ出すことになっているので、まだ分からない。ただ、一人だけ露寒軒の友人であるという陶々斎だけは決まっているが……。

「これは、重陽《ちょうよう》の節句に合わせて作るお菓子なの。戸田のおじさまが言い出してくださったことで、照月堂でも作ることになったんだけれど、少なくとも戸田のおじさまとそのお知り合いの方には食べていただくわ」

競い合いの細かな事情には触れず、なつめは答えた。

露寒軒は大休庵にも立ち寄ることがあるから、お稲も人となりを知っている。

「戸田先生やそのお知り合いってことは、つまりお武家のお偉い方々が召し上がるお菓子ってことですよね」

と、お稲は確認した。

「ええ。たぶんそういうことになると思う」

久兵衛にせよ、氷川屋にせよ、茶席で出せるような本格的な主菓子《おもがし》を競い合いで出してくることになるだろう。となれば、そういう菓子を食べるのは茶会を催すような者と考えてよい。

「それなら……」

と、言いかけたお稲は一度口を閉じ、唇を湿らせるようにした後で、一気に言った。

「あまり奇をてらった感じがすると、あの先生なんかはお嫌いになるんじゃないですかねえ」

そう言われると、確かにそんな気もしてくる。

そして、露寒軒ばかりでなく、茶席でこの菓子を食べることになった場合、茶人たちがこういうものを嫌うことは、十分に考えられた。

「食べ進めてみたら、何が出てくるか吃驚《びっくり》なんていうのを面白がるのは、あたしたちみたいな者とか子供とかじゃないでしょうかねえ」

なつめは少々がっかりして、肩を落とした。右腕が大休庵に帰ってきた時より、重くなったような気がする。

もっとも、重陽の節句というお題、そして〈菊のきせ綿〉という菓銘によって、そこまで奇をてらった感じはなくなるかもしれない。そもそも、本物の菊のきせ綿を再現したものなのだから、重陽の節句というお題には似つかわしいはずだ。

「この中で言うなら、あたしも甘葛で作ったのが、いいかと思いますけどねえ」

お稲は三つの甘味を混ぜた白身を食べ比べ、感想を述べてくれた。が、なつめの方は、

「ありがとう、お稲さん。それに、手伝ってくれて――」

礼を言う声も、何となく力が出てこない。

「もちろん、これはこれで喜ぶお人はいると思いますけど……」

お稲が慰めるように言ってくれる。

「この上の部分、卵でなくてもいいんですよねえ」

戸田先生に食べていただくのはもっと別の拵え方があるかもしれませんねえ――と、お稲は最後に付け加えた。

(旦那さんは、明日は葛で試してみろとおっしゃっていた)

もしかしたら、久兵衛には初めから葛を使う心づもりがあったのかもしれない。だが、それを言う前に、まずなつめに考えさせる機会を与えてくれたのではないか。

（明日、また試させてもらえる）

今日の失敗を落ち込んでいる暇はないはずだ。競い合いまではあと六日なのである。

なつめは気持ちを切り替えると、お稲と共に台所の後片付けにかかった。

二

その翌日の九月二日、あまりぐっすり眠ったとは思えないのに、いつになく頭が冴《さ》え返っているのは、昨日から続く昂奮《こうふん》が冷めやらぬせいかもしれない。

なつめは夜明け前に出かける仕度をすると、大休庵の棗《なつめ》の木の前で手を合わせ、それから上野の忍岡《しのぶがおか》神社へ向かった。

日の出からまだいくらも経《た》たない頃、上野の山に着いた。

以前、市兵衛に出会った時は陽射しも強く、少し歩けば汗が噴き出すような夏の昼頃であったが、今は朝の秋風が肌に沁《し》みる。

やがて、見慣れた朱色の鳥居がいくつも重なった神社の前に到着すると、なつめはまず鳥居の前で手を合わせた。

（長らくご無沙汰《ぶさた》して申し訳ございませんでした）

胸の中で挨拶して、鳥居をくぐってゆく。鳥居は階段を下りてゆくように建てられており、足もとに気をつけながら進んでゆくと、やがて社《やしろ》の前まで来た。

そこには、お稲荷さまの使者である狐《きつね》の石像が鎮座しているのだが、その前に、手を合わせるでもなく、ぽつんと立ち尽くしている人がいる。

「大旦那さん？」

後ろ姿でそれと分かった。

まさか、こんな早くから、ここで市兵衛に会えると思っていなかったので、なつめは驚いた。

「なつめさんかい？」

市兵衛はさして驚いたふうもなく、振り返って笑顔を向けた。

「ここで顔を合わせるのは、久しぶりだねえ」

にこにこしているその顔を見ていたら、なつめは市兵衛に尋ねたいことがあったことを思い出した。

「そういえば、安吉さんのことですけれど……」

と、少し躊躇《ためら》いがちに、なつめは切り出した。

「大旦那さんは、安吉さんが辰五郎さんのところにいると、初めから知っていらしたんですか」

「初めからってわけじゃねえが、辰の字のとこへ行って、ばったり会ってからはねえ」

市兵衛はいつものようにのんびりした口調で答えた。

「それじゃあ、旦那さんにもそのことを伝えていらしたんですか。安吉さんに照月堂へ出向くよう、お勧めになったのは大旦那さんですか」

「いいや、何もしてないよ」

　市兵衛はあっさり答えた。

「安吉は自らの考えで照月堂を出た。もう照月堂の身内ではない者に、私があれこれ言うことはできないよ」

　一度店を出て行った者は赤の他人と見る——当たり前のことではあるが、それが職人の世界の厳しさなのだろう。

「氷川屋が安吉の不義理をどうのと言っているようだが、少なくとも安吉に出て行けと言った兄弟子がいて、それを聞いていた親方や他の職人たちもそれを止めなかった。それを不義理の何のというのは言いがかりってもんです。けどね、うちの店では、誰も安吉に出て行けとは言ってないんだよ」

　それなのに勝手に出て行った者に対して、もう差し伸べる手はない——市兵衛はそう言っているのだろう。だが、その物言いは決して怒っているふうではなく、どちらかといえば少し寂しげに聞こえた。

「ただ、安吉が久兵衛に頭を下げたそうだが、私は何も嚙《か》んじゃいない。安吉が自分で考えてしたことだよ。それを久兵衛がどう見るか、私はただ見守るだけだねえ」

「安吉さんは確かに身勝手なところはありますが、今は自分を深く省《かえり》みていますし、ご迷惑を何とかして償いたいと思っているようです」

「そういうことは、久兵衛も分かっているだろうよ」

久兵衛に任せておけばいい——という目で見られると、なつめもそれ以上訴えることはできなかった。

なつめはそれから社殿の前へ参り、手を合わせた。

(どうか、重陽の節句の菓子の拵えがうまくいきますように。そして、私が少しでも旦那さんのお力になれますように、お見守りください)

競い合いの勝敗云々《うんぬん》より、まずそのことが祈りの言葉となって出てきた。

それから、行方知れずの兄が無事でいること、了然尼が健やかであることを祈り、なつめは社殿を後にした。

狐の石像のところまで戻ってくると、

「なつめさんは菓子の神さまについて知っているかい?」

不意に、市兵衛から問いかけられた。

それは、氷川屋としのぶが来た時、話題にのぼった田道間守命《たじまもりのみこと》のことであろう。露寒軒も含めて、その場にいた誰もが知っていたが、なつめ一人が知らなかった。その時のことを簡単に話すと、

「まあ、なつめさんはこの道を志したばかりなのだから、恥じることはないよ」

と、慰めるように、市兵衛は優しく言った。続けて、

「私は京にいた頃、吉田神社はもちろん、中嶋神社へもお参りしたんだが、この時、深く

胸に刻んだことがあるんだよ」

聞きたいかい、と問いかけられて、なつめはすぐにうなずいた。

「菓子作りとは、田道間守命の心そのものでなければならない」

「田道間守命の心……？」

首をかしげるなつめに、市兵衛はゆっくりとうなずき返した。

不老不死の実を探し求める田道間守にとって、それを食べていただく主《あるじ》の無事と幸いを願う気持ち、それがすべてだった。だからこそ、帰国した時、主がすでに亡くなっていたことを知って、絶望のあまり息絶えてしまったのだ。

「私もこの神さまのようになりたいと思ったんだよ。菓子を食べてくださるお方の仕合せを一心に願い、それが叶《かな》わなければ息絶えてしまうほど真剣な心で、菓子を作りたいと思った」

市兵衛はいつになく真剣な表情になって言った。

「菓子とは誰かに作ってやるものじゃない。作らせていただくものだよ」

市兵衛のその言葉は、まるで神の託宣《たくせん》のごとく、厳《おごそ》かになつめの耳に響いた。

「おいしい菓子を食べれば仕合せになると、人は言う。けど、本当に仕合せなのは、菓子を作った職人の方だ。職人はお客さんに仕合せを差し上げるんじゃない。お客さんから仕合せを分け与えていただくもんなんだよ」

市兵衛が口を閉ざした後もなお、その言葉はなつめの全身を駆けめぐっていた。

――菓子とは作らせていただくもの。

――食べてくださるお方の仕合せを一心に願うもの。

これは、市兵衛の声を借りて、菓子の神さまが教えてくれたことなのではないかと、なつめは思っていた。


その日昼七つまで、久兵衛は店で売る菓子を拵え、なつめは雑用をして、いつものように時を過ごした。

この時刻以降は、競い合いのための試し作りが行われる。

昨日、葛で試してみろと言った久兵衛は、この日はなつめに指示を下した。

「俺がこれから葛を煮るから、お前はそれを水で冷やせ」

久兵衛が手を加えた食材に、自分が手を触れられることに、なつめの心は奮い立った。

「冷やすといっても、型に入れた葛を冷やすんじゃねえ」

型に入れた葛を冷やすのであれば、水が温《ぬる》くなる頃合いを見計らって、冷水を取り替えればいいだけだろう。だが、そうではないと言う。

これは、〈菊のきせ綿〉の綿の部分となるものだと、久兵衛は告げた。

葛で作れば、中が透けて見えることになり、奇をてらった感じも薄れるということを、久兵衛は初めから考えに入れていたのだろうか。

「今回は、若干、水を多めにして柔らかな感じを出したい。何といっても、綿だからな。

それから、綿に決まった形はない。とはいえ、見た目が美しくなけりゃいけない。言っている意味が分かるな」

なつめは真剣な表情でうなずいた。

型のないものを、美しい形に仕上げるというのは、決して簡単なことではないだろうと思う。まして、それが葛のように柔らかなもので、しかも綿を表現しなければならないのだとしたら——。

久兵衛は手順を説明した。まず、いったん煮て固まり始めた葛を、匙《さじ》ですくって冷水につける。匙ですくった時の加減で、形は決まってしまうが、これはどうしようもない。

この匙ですくう葛の塊——つまりは綿となる部分をいくつも作るのだが、ここまでは久兵衛が行う。

なつめの仕事は冷水につけたその葛の塊を見ながら、水が温くなってきたら、前もって用意していた別の盥《たらい》の冷水に葛の塊を移すことだった。

「ふだんの葛よりも柔らかいから、注意してやってくれ。笊《ざる》が使えればいいが、葛が崩れてしまうから、今回は匙でやれ」

葛を煮ている間に、水を盥にたっぷり用意しておけと言われ、なつめは厨房と井戸を何往復もして全部で四つある盥を水でいっぱいに満たした。

やがて、葛が煮えると、久兵衛は盥を置いてある大きな台の上に鍋ごと移し、それから葛の具合を見つつ、匙ですくい上げていく。その間、葛から一瞬も目をそらさない久兵衛の様子を、なつめは息をつめて見守っていた。

久兵衛は匙を葛の塊に入れ、その具合を確かめると、それからものすごい速さで匙を動かし始めた。すでに程よい葛の分量は体で覚えているのだろう、匙を入れてはすくい盥の水につける――それが何度も何度もくり返されてゆく。

葛の塊は五十ほどにもなったのではないかと思えた頃、やっと鍋の葛は底にこびりついたのを除いて無くなった。

その代わり、盥の中は透明な葛の塊がぷかぷかと水に浮いて、ほとんど表面を覆い尽くしている。

「何をぼうっとしてる！」

久兵衛の声が飛んだ。

何事かと跳び上がりそうになったなつめに、久兵衛がさらに言う。

「水が温くなったらすぐに替えろと言っただろう。盥の水を確かめてみろ」

弾かれたように台へ近付き、確かめてみると、人肌よりずいぶん熱い。

「申し訳ありません」

なつめは慌てて手にした匙を使って、水に浮いている葛の塊をすくい始めた。久兵衛のしぐさを見ていると、匙で葛をすくうのはそれほど難しいようには見えない。まして、なつめは鍋からすくうのではなく、水に浮いているのをすくうだけなのだ。

だが、これが意外に難しい。

「のんびりやってるんじゃねえ。もたもたしてると、出来損ないになっちまうぞ」

久兵衛からさらに注意を受け、なつめは冷や汗をかく思いであった。

それでも、とにかく一心不乱にひたすら葛をすくい続ける。それが終わると、温くなった水を桶に戻して外へ捨てに行き、また新たな冷水を汲んでこなければならない。

そうして厨房へ戻ってきた時には、もう葛をすくって別の盥に移さなければならない頃合いである。

水の取り替えと葛をすくう作業をくり返し、

「そろそろいいだろう」

という久兵衛の声が聞こえた時には、なつめは疲れ切っていた。

昨日、卵の白身の泡立てで重くなっていた右腕は、今日は葛すくいで緊張し、終わった途端、痛くなってきた。

しかし、盥の中の葛の塊を見つめる久兵衛の眼差《まなざ》しは、厳しいまま、和らぐことがなかった。

「おい、庭に菊が咲いていたな。小さい菊だが、それでいいから、五つ六つ摘んで水洗いしてこい」

と、久兵衛が言った。

昨夜、なつめが卵の白身で試したことを、久兵衛もこの葛でやってみるのだろう。

なつめは言われた通り、六つの菊の花を摘み、井戸水で洗ってから笊にあけて厨房に戻った。

久兵衛はそれを皿の上に置き、その上から、これと思った形の葛をすくい上げ、水を軽く切ってからその上に被せていった。

(菊の花が上から見えて、きれい……)

卵の白身の方が綿という感じは出るが、見た目は確かにこちらの方が美しい。

だが、なつめが心の中で漏らした明るい声とは裏腹に、久兵衛の厳しい顔つきは今や渋いものとなっていた。

「形もいまいちだし、透きとおった感じも弱い」

久兵衛の厳しい評価を耳にし、なつめは内心、戸惑った。なつめの目にはそれほど悪いようには見えない。形も綿なのだから、ふわっとしていればいいと思うし、その感じはどの葛にも出ていた。

どこをどう変えればいいのか、なつめにはまるで分からなかったが、久兵衛の鋭い眼差しはあれこれ思案を重ねているようであった。

「今日は俺の匙のすくい方も雑だった。それから、お前の手際も悪かった」

久兵衛が苦い口ぶりで言った。自分自身にも、菓子作りの第一歩を踏み出したばかりのなつめにも、久兵衛は容赦《ようしゃ》がない。

「明日から毎日、この練習をしてもらう。当日は、慣れない氷川屋の厨房での作業になるからな。せめて、ここでは完璧に仕上げられるようにしておかないと駄目だ」

「かしこまりました」

久兵衛の言葉に、なつめはしっかりと返事をした。

そして、それから四日間、その作業にいそしんだ。毎日、昼七つから暮れ六つ（午後六時）まで、なつめは葛をすくい続けた。

その間、久兵衛は葛を煮る作業の傍《かたわ》ら、ずっと菊の花の煉り切りも拵え続けている。そちらはまだなつめも見せてもらっていない。

四日後の暮れ六つ時、完成した葛を、なつめが庭から摘んできた菊の花にのせて、

「よし、まあ、こんなものだろう」

と、久兵衛は告げた。

なつめの全身から緊張がほどけていく。

口に出しては何も言わなかったが、その気配が伝わったのか、久兵衛は言った。

「おい、これで安心するな。本番はこれからだ」

「はい。承知しました」

再び気を引き締めてなつめは答えた。

競い合いは明日に迫っていた。

三

照月堂と氷川屋の、それぞれの菓子を懸けた競い合いの当日、九月七日。この日、照月堂は店は開けるものの、時刻を決めて売る辰焼《たつや》きは出さない。

久兵衛は店で売る菓子を作る傍ら、朝のうちから、競い合いの煉り切りの餡作りに取りかかった。

判定は、昼七つ時に上野の氷川屋の座敷で行われる。

久兵衛となつめの二人は、昼すぎには氷川屋へ出向き、厨房へ案内されることになっていた。

ここで、久兵衛は照月堂で拵えていった餡を、菊の形に作り上げる作業を行い、なつめは葛作りの一部を手伝う。鍋や盥などの大きなものは氷川屋のものを借り、へらや匙、笊などの類《たぐい》はこちらから持っていくことにしていた。

番頭の太助は店の仕事を片付けてから、遅れて氷川屋へ出向く予定である。

一方、露寒軒と、露寒軒が選んだ判定人の陶々斎は、昼七つに氷川屋へ直《じか》に出向くことになっていた。

照月堂からも判定人を一名出すことになっているが、これは市兵衛の梅花心易《ばいかしんえき》で選ぶことになった。さまざまな数字から卦《け》を立てるこの占いの結果、前日の六日、九番目に来た客に頼むことが決まった。

その九番目の客となったのは、植木職人の健三《けんぞう》という三十路《みそじ》の男である。

本郷の長屋に暮らしているというが、事情を話すと面白がり、喜んで上野の氷川屋へ出向こうと言った。子供への土産のため菓子を買いに来たというが、本人も菓子好きらしく、氷川屋の名前も知っていた。

「あそこは、敷居が高くて入れなかったんですが、ただであそこの菓子を食べさせてもらえるたあ、ありがてえ話でさあ」

少し調子の軽いところが気になる客ではあったが、市兵衛の占いにけちをつける者は誰もいない。

当日、仕事を終えてから行くという健三には、氷川屋へ直に行ってもらうことになった。

いよいよ競い合いの当日、なつめは朝から厨房へ入り、ふだん通りの雑用をこなしていた。そして、井戸水を汲もうと、厨房から庭へ出た時、

「や、安吉さん――」

なつめはその場にいるはずのない者の姿を見て、思わず声を上げてしまった。

おまけに、安吉はふだんからは想像もできないような格好をしている。厨房の戸口の真向かいの地べたに背筋を正して正座しているのだ。

「どうして、そんなところに……」

「かまわないでくれ」

安吉はなつめと目が合うなり、いつもより低い声で言った。顔色は悪かったが、その顔つきは安吉とは思えぬほど引き締まっていた。

「ただここにいさせてほしいだけだ。もちろん、旦那さんが出て行けっておっしゃるなら出て行く。だが、何もおっしゃらなければ、いさせてほしい」

安吉はきっぱりと言った。

久兵衛は安吉の声が聞こえていたようだったが、特に何も言おうとはしなかった。

やがて昼が近くなった頃、久兵衛の餡作りが終わると、すぐに二人は氷川屋へ出向く仕度を調《ととの》えた。そして、厨房を出た時にも、安吉はまだそこにいた。

久兵衛と目が合うと、安吉はその場に深々と頭を下げた。

「行くべきところへは行ってきたのか」

久兵衛は短い言葉をかけた。

「はい。亥助さんにしか会えませんでしたが……」

「それも仕方のないことだろう。何もしないよりはいい」

「……はい」

安吉はうな垂れ、低い声でうなずく。

久兵衛はそれなり歩き出した。なつめも急いでその後を追う。その時、安吉と目が合った。

頼む、なつめさん――と、安吉の目が訴えているようだった。なつめは大きくうなずき返すと、久兵衛の背を追って歩き出した。

氷川屋へ到着したのは、昼九つ（正午）を少し過ぎた頃であった。

店の中にいた小僧に来意を告げると、ほどなくして中からしのぶが現れた。

「なつめさん」

しのぶはまずなつめの姿を見つけ、嬉《うれ》しげな声を上げた。それから、すぐに久兵衛に気づくと、急いで板の間に正座して、きちんと頭を下げた。

「照月堂の旦那さんもよくお出でくださいました。いったん客間へご案内いたします。厨房へ入るお仕度などはそこでなさってください。手荷物は置いたままでけっこうです」

昼餉はどうしたのかと訊かれたので、おまさが持たせてくれた握り飯があることを告げると、

「それでは、お茶だけお持ちしましょう」

と、すぐに言ってくれた。

しのぶは、父である氷川屋の主が照月堂を追い込もうとしていること、また、そのきっかけを自分が作ってしまったことに、責めを感じている。こうして案内役を務めてくれるのもそのせいなのだろう。

（氷川屋のご主人のことは、あまり好きになれないけれど、しのぶさんは本当にいいお方

だわ)

　なつめもしのぶに対しては、同世代の娘同士の親しみを覚えていた。

　菓子屋の娘として育ったしのぶは、自分で作らなくとも菓子にはくわしいだろう。もっと親しくなって、いろいろと教えてもらえるような間柄になりたいとも思う。

　そのしのぶについて板の間へ上がり、店の奥へ入ろうとする時、なつめは敷居の上にある神棚に目を留めた。

(そういえば、先だって、氷川屋の旦那さんがお菓子の神さまを祀《まつ》っているとおっしゃっていた)

　注意して見れば、その神棚には榊《さかき》ではない、別の木の枝が供えられている。その枝に小さな黄色い実がついていることに気づいたなつめは、

「あの、しのぶさん」

と、しのぶを呼び止めていた。

「あの神棚の枝はもしかして……」

　なつめの言葉に振り返ったしのぶは、

「あれは、橘《たちばな》の枝なんですの」

と、教えてくれた。

「お菓子の神さまが持ち帰ったっていう非時香菓《ときじくのかくのこのみ》のことですね」

　しのぶもまた、橘の枝に目をやりながら「ええ」と答えた。

「しかし、めずらしいですな。橘の枝が手に入るなんて。江戸で育つとは思えないが」

同じように神棚を見上げた久兵衛が、わずかに首をかしげて呟いた。

「ええ、暖かいところが産地ですから。これは駿河《するが》で育った木の枝なんです」

久兵衛の言葉にしのぶが答え、二人は奥の客間へ案内された。

しのぶは一度下がってから、茶の仕度を調えて戻ってきたが、

「厨房へも、私がご案内いたします。少ししたら、またお邪魔いたしますので」

と、言ってくれた。

久兵衛となつめはそこで身仕度を調えると、しのぶを待った。

「なつめさんが厨房へ入るのですか」

この時まで、なつめは付き添いの女中だとばかり思っていたらしいしのぶは、驚きの声を上げた。

「お手伝いをさせていただいているんです。他に、人がおりませんので」

と、なつめは答えた。

「取り決めでは、店の者だけで菓子を作るということで、女子《おなご》はならぬという項目はなかったはずですが」

久兵衛が言うと、しのぶは慌ててうなずいた。

「は、はい。その通りです」

しのぶは言い、それから二人を厨房の方へ案内した。

厨房は照月堂と同じように、店の裏側にあるのだが、久兵衛となつめの履物はすでにそちらの裏口へ移されており、そこから厨房へと向かってゆく。

なつめはかつてこの近くで、辰五郎と菊蔵が話をしていたのを見たことがあったから、その景色に見覚えがあった。

しのぶは厨房の戸を叩《たた》いて、中へ声をかけた。若い職人が出てきて「あっ、お嬢さん」と言うのへ、

「手が空いたら、親方さんにここまで来てもらいたいのだけれど……。どうしても無理なら、なるべく年長の兄弟子さんをお願い」

と、しのぶは告げた。

しのぶがこうして案内をしてくれなければ、氷川屋の職人たちは、照月堂の職人を受け容《い》れがたく思ったかもしれない。

親方に外まで来てほしいと声をかけられるのも、しのぶが店のお嬢さんだからで、なつめは案内役を買って出てくれたしのぶの心遣いに感じ入った。

ややあってから、年輩の男が現れた。いかつい顔にがっしりした体をして、表情は決して和やかではなかったが、

「お嬢さん、お呼びですか」

しのぶに対しては丁寧な口ぶりで尋ねた。

「ええ。こちらは照月堂の旦那さんとお手伝いをするなつめさんです」

しのぶは二人を親方に引き合わせた後、

「こちらは、うちの厨房の親方、重蔵《じゅうぞう》です」

と、二人に親方を紹介した。

「今日は昼過ぎから、こちらの照月堂さんに、うちの厨房を使わせて差し上げるお約束です。聞いていますね」

「へえ。準備はできてますんで、どうぞ」

重蔵が言い、戸口を空けて中を示したので、しのぶに促され、久兵衛となつめは中へ入った。しのぶは中へは入らず、戸口のところから様子をうかがっている。

「ちょいと、おたくさんも厨房へ入るんですかい？」

重蔵がなつめにじっと目を向けて訊いた。なつめが答えるより先に、しのぶが口を開く。

「重蔵さん、照月堂ではなつめさんが旦那さんのお手伝いをなさっているんです。うちには、女の職人さんも見習いさんもいませんけれど、今日はなつめさんを入れてあげなければいけません」

「……さようですか」

重蔵が渋い顔をして呟いた。

これまで女が厨房に入ったことなど一度もないのだろう。しのぶが入ろうとしないのも、厨房は職人のもの、男だけのものという認識でいるからだ。それが余所《よそ》の者によって破られるというのが、何となく不愉快らしい。

しかし、しのぶがそう言う以上、入るなと言うわけにもいかず、重蔵はしぶしぶなつめを入れた。

中には、七、八人の職人がいて、一斉に久兵衛となつめの方を見る。特に頭を下げる者も挨拶をしてくる者もいなかった。

入口に近い方の台がきれいに空けられていて、ここを使ってくれと重蔵は告げた。

「入用だと聞いていた盥四つ、鍋二つは用意してあります。蒸籠《せいろ》やまな板や布巾《ふきん》も用意したが、他に何か要《い》るものがあったら、途中でも近くにいる者に声をかけてください」

重蔵は久兵衛に説明した。

「井戸は庭へ出てすぐ、左手のところ。水桶《みずおけ》は入口のところにあります」

大体の説明を受けたところで、久兵衛は「けっこうです」と答えた。

「それじゃあ、あっしはこれで」

重蔵はしのぶに向かって軽く頭を下げ、厨房の奥の方に歩み去っていった。なつめがそちらに目を向けると、見覚えのある顔があった。

（あれは、菊蔵さん）

辰五郎が照月堂に引き抜きたがっていた若い職人が、奥の方にいた。

さらに見ていると、重蔵は菊蔵のいる台で足を止めた。どうやら競い合いの仕事を、菊蔵が手伝っているらしい。

（これだけの職人さんがいる中で、親方のお手伝いをするなんて……）

なつめは大きく息を吸い込んだ。

「それじゃあ、俺たちも始めるぞ」

と言う久兵衛の言葉に「はい」と返事をしてなつめも作業に取りかかった。

まずは、葛を煮る準備である。それを煮て水で冷やす段になったら、久兵衛はその間に、菊の煉り切りを拵えていくという手はずであった。

なつめは急ぎ水桶を手に、外へ出て井戸へ向かった。

「なつめさん、大丈夫ですか」

厨房の入口にいたしのぶが一緒について来て、心配そうに尋ねる。

「ええ。しのぶさんが案内してくださったから、助かりました。そうでなければ、私がいたことで、ひと悶着《もんちゃく》起きていたかもしれません」

なつめは礼を述べた。しのぶは厨房の中には入れないが、時折、様子を見に来ると言って、いったん立ち去っていった。

なつめはそれからここ数日やっていた通り、葛を煮る水を汲み、それから葛を冷やす盥に水を張り、葛が煮えるのを待った。久兵衛が匙ですくい上げたそれを、初めの頃よりずっと手際よくすくい上げて、冷やし続ける。途中で、温くなった水を取り替えに行くのも、だいぶ慣れていた。

その間、久兵衛は下拵えの済んでいる色付けをした餡を取り出し、へらを使って菊の煉り切りを作り始めた。

氷川屋の職人たちの中には、久兵衛やなつめの手先を気にかけているふうの者もいたが、奥の重蔵や菊蔵の位置からは見えないだろう。また、二人はこちらのことなど気にしている様子もなかった。

久兵衛が煉り切りを作り上げたのは、昼八つ（午後二時）を少し過ぎた頃であった。判定をする三人と露寒軒、それに氷川屋に三つ、照月堂に三つ、合計十個の菓子を用意しなければならない。

出来上がったのは、鮮やかな黄色をした八重菊の煉り切りだった。

八重菊の花びらの一枚一枚が丁寧に作り込まれている。

「葛を選ぶぞ」

久兵衛は低い声で言い、吟味を重ねて十の葛を選び出すと、水気を切るために笊にのせていった。どれも平たい盃を逆さにしたような形に固まったもので、見た目も美しい。

それから、その一つを匙にのせ、菊の煉り切りの上にそっと丁寧にかぶせた。

透明な葛の表面を通して、菊の鮮やかな黄色い花弁が柔らかな光を放っている。煉り切りを直に見ているよりも、葛を通して見る分だけ、何とも優しげで上品な風情だった。

（きれい……）

これほど贅沢《ぜいたく》な菓子は見たことがなかった。

なつめが感動に浸っている間に、久兵衛は他の煉り切りの上にも、次々に綿に見立てた葛の履いをかぶせてゆく。

十個の菓子が完成すると、久兵衛の口から大きな吐息が漏れた。

胸の底の方から込み上げてくる熱いものに突き動かされるように、なつめは久兵衛に向かって深く頭を下げていた。

蒸籠が用意されていたので、それに出来上がった菓子を入れると、久兵衛はそれを持って先に控えの部屋へ持っていくという。

後片付けをしたら来いと言われたので、なつめは手早く使った道具類を洗い、借りていたものは元の通り台の上に戻した。

ふと重蔵と菊蔵の方を見ると、二人はまだ何か拵えをしているようである。

「お世話になりました」

最後にそう声をかけて、なつめは厨房を後にした。

やがて、なつめが初めにしのぶに通された控えの部屋へ戻っていくと、久兵衛はそこで一息吐いているところであった。

「旦那さん、あの、この度はお手伝いに加えてくださって、どうもありがとうございます」

なつめはその場に正座すると、改めて頭を下げた。そのなつめに向かって、

「お前はなぜ、菓子を作りたいと思うんだ?」

不意に久兵衛が訊いてきた。なつめはしばらく口を閉ざしていたが、

「実は……よく分からなくなってしまいました」

ややあってから、正直に答えた。

「前ははっきり分かっていました。昔、父母と食べた思い出の菓子を、自分で作りたいと思ったからです。菓子が好きだからという気持ちももちろんありました。ですが、それだけではいけないようにも思えてきて……」

なつめは考え込むようにしながら、うつむきがちに答えた。

「まあ、職人を志す理由が何であれ、あらゆる職人に通じるのが菓子好きだというのは間違いねえ。だがな、好きというだけじゃ足りねえんだ。一人前の職人になるにはな」

気がつくと、久兵衛の眼差しが刺すように鋭く、なつめに注がれている。

「俺の目には、お前も、それから安吉も物足りなく見える。もちろん、菓子が好きな気持ちはいっぱしに持っているんだろう。だが、菓子と戦う気構えがまったく足りねえ」

「菓子と戦う……？」

なつめは思わず、久兵衛の言葉をなぞって訊き返していた。

「俺は、菓子作りってのは、菓子と対峙《たいじ》することだと思ってる。作っちまった菓子じゃねえよ。自分の頭の中にだけある至高の菓子と対峙するんだ」

「至高の菓子……。自分がこれから作り出したい菓子、ということでしょうか」

「まあ、そうだな。それと対峙し、ねじ伏せて勝つ。それが、見事な菓子を作るってことだと、俺は思っている」

久兵衛にとって菓子作りは戦いなのだ。そうやって、自らが作ろうという菓子と対峙し、すべてに打ち勝ってきたのであろう。

(それが、素晴らしい菓子を作り上げる旦那さんの源なんだわ)

久兵衛の言い分はよく理解できた。今回の〈菊のきせ綿〉を作り上げる時の真剣さ、大変さを目の当たりにし、あれだけの見事な菓子を見せられた後では、なおさらよく分かる。

市兵衛は、菓子とは作らせていただくものだと言った。食べてくださる方の仕合せを一心に願うものだ、と――。

その言葉を聞いた時、なつめは神の託宣を聞いたと思えるほどの衝撃を覚えた。

一方で、久兵衛が至高の菓子と対峙して作り上げた完成品を見た直後の、泣き出したいほどの感動もまた本物だった。

(大旦那さんには大旦那さんの、旦那さんには旦那さんの菓子のとらえ方があるのだわ)

ならば、自分にとっての菓子とは何なのか。

その答えはまだ分からない。

だが、いつかきっと見つけたい。そして、それがどんな形であれ、

(大旦那さんのお言葉も、旦那さんのお言葉もずっと私の宝になる)

なつめはその時、胸に刻んでいた。

四

やがて、久兵衛となつめがいる控えの部屋に、今日の商いを終えた太助が案内されて現れた。

「競い合いの菓子はもう作り終わったのですな」

太助は緊張した面持ちで、久兵衛にじっと目を当てながら訊いた。

「見てくれるか」

と、久兵衛は言い、卓袱台《ちゃぶだい》の上の蒸籠を示す。太助は無言でうなずき、卓袱台の蒸籠を引き寄せた。

蓋を開け、中をのぞき込んだ太助は、しばらく何も言わなかった。目を細め、しばらくの間、じっと菓子を眺めている。

太助の口が開いたのは、蒸籠の蓋を閉めてからであった。太助は思い出したように、深呼吸をした。

「〈菊のきせ綿〉という。菓銘はなつめが考えた」

久兵衛が言った。

「考えたというより、もともとある言葉をお伝えしただけですが……」

なつめは慌てて口を挟んだ。

「そうですか」

と、しみじみした声で言う。太助は再び久兵衛に目を戻したが、この時は体ごと向き直り、様子を改めた。それから、さっきのなつめとまったく同じように深々と頭を下げ、

「旦那さん、この度はどうもありがとうございました」

と、心のこもった声で言った。

それは、競い合いの結果より何より、まずはこの菓子を生み出してくれたことに感謝したい、という気持ちからのようであった。

（番頭さんは、旦那さんの菓子と戦う気構えを分かっていらっしゃるのだわ）

なつめはひそかにそう思いめぐらした。

それからややあって、約束の昼七つが近付いてくると、氷川屋の手代《てだい》が現れて、競い合いを始めるので別の部屋へ案内すると告げた。

蒸籠は久兵衛が自分で持つと言い、手代について、久兵衛、太助、なつめの順に競い合いの部屋へ移った。

十畳ほどの広間の上座には、発起人である露寒軒が座り、その前に三人の判定人たちが着座している。向かい側から見て右端が健三で、残る二人は侍であった。

真ん中に座る四十路《よそじ》ほどの侍は、色白でひょろりとしており、羽織はどことなくくたびれた感じである。

一方、左端の侍はやはり四十路ほどだが、立派な羽織を着て、体つきも頑健そうで、押

し出しも強そうだ。

久兵衛は右端の方に、彼らと向かい合わせになる形で座るよう指示された。

左側には、氷川屋の主人、親方の重蔵が座っている。

久兵衛が座ると、別の手代がさっと近付き、盆をその脇に置いた。盆の上には十枚重ねた白い皿がのっており、後で競い合いの菓子を供する時に使ってほしいという。

なつめは久兵衛の後ろに、太助と並んで正座した。これで人は出そろったのかと思われたところへ、最後に遅れて入ってきた者がいた。そちらに目をやったなつめは、

（菊蔵さん！）

我知らず胸がどくんと鳴るのを感じた。

「それでは、皆さま、おそろいになったことかと存じます。この場の進行は、発起人である戸田さまにお願いし、すでにご了解をいただいております」

氷川屋が露寒軒と判定人たちの方に向かって言い、露寒軒がうなずき返した。

それではよろしくお願いいたします――という氷川屋の言葉を受け、露寒軒は顎鬚《あごひげ》に手をやりながら、口を開いた。

「ただ今、紹介に与《あずか》った戸田である。しからば、これより氷川屋と照月堂による、重陽の節句の菓子の競い合いを進めるものとする」

露寒軒は朗々と響く声で言い、ごほんと一つ咳《せき》ばらいをした。

「まず、判定人を紹介しよう。我が右手、氷川屋の前におられるのが、氷川屋が選んだ判

定人、名は控えるが、ある藩に仕えておられる侍であるという。真ん中が我が悪友の陶々斎殿じゃ。そして、我が左手、照月堂の前におるのが、照月堂が選んだ判定人、植木屋の健三と申す者」

氷川屋の判定人は、難しい顔をしてにこりともしない。一方、正反対に陶々斎はにこにこと笑顔を浮かべており、健三はすっかり緊張しているように見えた。

「それでは、これから両者の菓子を配ってもらい、その説明をそれぞれの菓子屋の主から行ってもらおう」

まずは、氷川屋から――という露寒軒の指図を受けて、氷川屋が少し膝を進めた。

「当方の菓子は、職人の元締めである重蔵がお作りいたしました。手伝いをしましたのは、まだ若いが腕の達者なこの菊蔵なる者にございます」

氷川屋の紹介に応じて、重蔵と菊蔵がそれぞれ頭を下げる。

（やはり、菊蔵さん――）

人手の足りない照月堂とは違って、職人が大勢いる氷川屋の中で親方の手伝いに選ばれた菊蔵の腕が想像される。なつめはどういうわけか、初めて見かけた時から、この若い男が気にかかって仕方ないのだった。

「それでは、皆さまに職人たちから、作り立ての菓子を奉ります」

氷川屋はそう言って口を閉ざした。

重蔵は立ち上がると、布巾をかぶせてあった盆を手に前へ進んだ。

まずは露寒軒の前に菓子を奉った後、三人の判定人たちの前を回る。

重蔵がそうして菓子を配っている間、菊蔵もまた同じように盆を持って、照月堂の面々のもとへやって来た。

菊蔵は久兵衛の傍《の》らに座って、盆を畳の上に置く。それから、おもむろに上にかぶせてあった布巾を取り除けていった。

（まあ……）

なつめは心の中で驚きの声を上げた。まるで、明るい光があふれ出てきたようだ。温かな薄紅色、鮮やかな黄色、それに混じりけのない白い菊の花が三つ、それぞれ外側を向く形で皿の上にのせられている。この三つの花がそろって一つの菓子であるらしく、

「〈菊花《きくか》の宴《うたげ》〉と申します」

と言い、菊蔵は久兵衛にそれを差し出した。

（華やかな主菓子にふさわしい、雅《みやび》な菓銘——）

競争相手の菓子であることも思わず忘れて、そのすばらしさについうっとりとしてしまう。なつめはただただ見とれてしまった。

菊蔵が「どうぞ」と言って皿を差し出した時、なつめはその顔をちらりと見た。一瞬だけ目が合い、慌ててうつむいてしまう。全体に鋭い雰囲気の菊蔵の顔の中でも、特にその目つきは鋭い。それは、照月堂への敵意というより、とにかく真剣に菓子作りと向き合っている職人にそなわる鋭さのようなものであった。

なつめは菊蔵が部屋に入ってきた時よりも、いっそうどぎまぎした。

一同に〈菊花の宴〉が配り終えられると、次は照月堂の菓子を紹介する番となった。

「照月堂にございます。当方は主である私が職人として菓子も作っておりますので、この度の菓子も私が拵えました。手伝い、および、菓銘をつけたのは、ここにいる奉公人のなつめでございます」

氷川屋に倣《なら》う形で、久兵衛が説明する。女が手伝いをした上、菓銘までつけたというので、判定人たちの間に、驚きの気配が漂った。満足そうにうなずいているのは、上座の露寒軒一人である。

まさか、自分のことまで紹介してくれるとは思わなかったなつめは、思いがけず動揺したが、ふと眼差しを感じて顔を上げると、菊蔵と目が合った。

先ほどより鋭い目とぶつかって、なつめは自分から目をそらしてしまう。

それから、久兵衛は蒸籠の蓋を開けると、氷川屋の手代が用意してくれた皿に一つ一つ〈菊のきせ綿〉をのせ始めた。太助となつめもそれを手伝う。

菓子をのせた四つの皿を、盆の上に並べた久兵衛は、露寒軒と判定人たちに配るため腰を上げた。

「氷川屋さんへはお前がお持ちしなさい」

氷川屋へ配るための三つの皿がのった盆を示し、久兵衛はなつめに言う。氷川屋が職人の菊蔵をよこしたのと同じようにするつもりなのだろう。太助も無言でうなずいたので、なつめは盆を手に立ち上がった。

緊張はしていたものの、行儀作法の一切を了然尼から仕込まれたなつめの挙措《きょそ》は、落ち着いていて美しい。

やがて、なつめは氷川屋の主人の脇に正座すると、菓子を差し出し、

「〈菊のきせ綿〉でございます」

と、菓銘を告げた。

「菓銘は、おたくがつけたということだが……」

「菊のきせ綿とは、重陽の節句で行う風習の名でございます。その風習について話したのは私でございますが、これを菓銘と決めたのは主でございます」

なつめはそれだけ言うと、重蔵と菊蔵にも菓子を配ってから、元の席へ戻った。

やがて、菓子を配り終えた久兵衛も席へ戻ってきた。

「手もとに菓子が行き渡ったと見える。それでは、それぞれ菓子の賞味に移るとしようか。ただし、何ぞ問いたいことがあれば、その場でそれぞれの職人に尋ねてよいということにしてはいかがか」

露寒軒がそう言って、氷川屋と久兵衛にそれぞれ目を向ける。

「けっこうでございます」

氷川屋も久兵衛もそれぞれ返事をした。

氷川屋はそれから手を叩いて、戸の外に控えていたらしい手代に合図をした。待ち構え

ていたように手代が二人現れ、人々に茶を配ってゆく。

こうして菓子の食べ比べが始められた。

遠目にも色鮮やかで派手な〈菊花の宴〉と並ぶと、〈菊のきせ綿〉は一見、地味で目立たない。

「氷川屋の菓子はさすがに華やかで、手が込んでおる」

氷川屋方の判定人の侍が、感心した様子で呟いている。

「本当に……。私はこんな豪勢な菓子、食ったことありませんよ」

健三がそれに続いて言うのが、なつめの耳にも届いた。判定人たちはやはり、奥ゆかしい美しさより華やかさに心を奪われているようである。

陶々斎はまっ先に〈菊花の宴〉に黒文字を入れたようで、すでに白い菊は姿を消しており、その口はもぐもぐと動いていた。

「ふむ。照月堂の〈菊のきせ綿〉では、この上にのっているものを綿に見立てたわけか」

露寒軒は〈菊のきせ綿〉をのせた皿を持ち上げながら、久兵衛に目を向けて尋ねた。

「さようにございます。葛で作ってございます」

久兵衛がそれに答えた。

「ふむふむ。なかなかに風情がある」

露寒軒は感心した様子で言う。そうするうちに、茶も行き渡り、菓子を供された人々は、おもむろに黒文字を動かし始めた。

なつめもいつまでも眺めていたい気持ちを抑え、まずは〈菊花の宴〉にゆっくりと黒文字を入れる。

黄色い菊の花を半分にして、口に運んだ。完璧な見た目と違い、甘い香りが鼻を刺激した直後、口の中が甘味でいっぱいになった。

香りがややきつく感じられるのは、煉り切りの餡以外に何か、別のもので香りづけをしているのかもしれない。また、少し甘味が過ぎるようにも感じられる。

なつめは配られた茶を飲んで、口の中の甘みを流した。なるほど、濃い目の茶と一緒に食べると、この甘味も合う。

それから、なつめは〈菊花の宴〉を食べ続けたが、一つ一つの花に味の違いがあるわけではなかった。ふつうの主菓子よりやや量が多いので、初めはいいが、食べているうちに飽きがくる。

なつめは菊の花を二つ食べたところで、いったん食べるのをやめた。

茶で舌に居残る味を流した後、続けて久兵衛の〈菊のきせ綿〉の皿を手にする。

華やかではないかもしれないが、いつまでも見ていたい風情は決して〈菊花の宴〉に負けていない。それも、見れば見るほど味わいが深まってくるような心地がする。

なつめは葛に黒文字を入れた。つるんとした表面の感じは水気も失われておらず、いい状態であった。黒文字の先はそのまま中の菊の花に届く前で止まり、なつめはまず綿に見立てた葛の一部だけを食べた。

葛だけでも何と奥行きのある味なのだろう。もちろんこれだけ食べても十分においしい。葛が除かれたところの菊の花は、細かく作られた花びらがくっきりと見え、色彩もより鮮やかになるので、その違いを楽しむことができた。

（葛がのっているところの花は、まるで水の中に沈んでいるみたい……）

そして、いよいよ菊の煉り切りへ黒文字を差し入れる。

それを口に入れた瞬間、なつめは悟った。

照月堂が勝てるだろう、と。味だけは確実に勝《まさ》っていると、と――。

ほのかな餡の甘い香りが鼻をくすぐり、繊細な味わいはずっと舌先で味わっていたいような心地にさせる。

お茶で甘さを流す必要も感じなかった。

その間にも、判定人たちから職人たちに問いかけなどがされ、途中からはかなり話し声が飛び交いながら、時は過ぎていった。

なつめは先に〈菊のきせ綿〉を食べ終え、十分満足した後、残していた〈菊花の宴〉もすべて食べた。

食べ終わってから、隣の太助と目が合った。太助の目が力強い光を放っている。

（番頭さんも旦那さんが勝てると思っていらっしゃるんだわ）

なつめはその眼差しを、そう理解した。

ややあって、ゆっくりと食べていた判定人たちもすべて食べ終わり、それを見澄ました

露寒軒が、

「では、そろそろ判定に移るとするかの」

と、切り出した。

「では、判定の方法について説明いたそう。氷川屋の菓子は薄い青色の皿、照月堂の菓子は白い皿にのっていたはずじゃ。この手はずは氷川屋が調えてくれた」

露寒軒はいったん氷川屋の主人へ目を向け、氷川屋がどういたしましてというように軽く頭を下げる。

「判定人の方々には勝ちと思う方の皿を、わしの合図で同時に差し出してほしい。今一度確認いたすが、薄い青色の皿が氷川屋の〈菊花の宴〉、白い皿が照月堂の〈菊のきせ綿〉じゃ。よろしいな」

露寒軒の指示で、三人の判定人たちは二枚の皿を、まず自分の手もとに引き寄せた。それから、「では、お出しなされよ」という露寒軒の重々しい合図に応じ、それぞれが決めた菓子の皿をさっと前に出す。

薄い青色が二枚に、白が一枚――。

氷川屋の〈菊花の宴〉の勝ちであった。

照月堂の〈菊のきせ綿〉を推したのは陶々斎一人、後の二人は〈菊花の宴〉を選んだのである。

五

陶々斎が〈菊のきせ綿〉を選んだ理由は、何と言っても古代から続く風習を扱った点であり、綿に見立てた葛の味わいと煉り切りのしっとりとしたほのかな甘みが、よく合っていたということであった。

他の二人が〈菊花の宴〉を選んだ理由は、それぞれの言葉は違っていたものの、その豪勢さと華やかさに惹《ひ》かれたということである。

「なるほど、各々《おのおの》の判定人ごとに選んだ理由はそれぞれのようじゃ。見た目を重んじる者、味わいを重んじる者、何を扱ったか、菓銘との兼ね合い、など、菓子を選ぶ理由はさまざまある。しかし、味わいについて触れていたのが一名とはちと意外。菓子とは何よりもまず、味わいこそが第一とわしは考えていたのでな」

露寒軒が最後の講評をした。

(戸田のおじさまは分かってくださっている！)

もちろん、露寒軒は判定人ではないから、勝ち負けを口にするわけではないのだが、今の言葉は照月堂の菓子を認めてくれたも同然である。なつめは泣き出しそうな思いに駆られた。

一方、そんななつめたちの方へ、氷川屋が鋭い眼差しを向けていた。その目の底にあるのは、冷たい苛立ちであった。

「さて、この競い合いは、勝った側が負けた側に一つだけ要求ができる、という取り決めであった。判定は出たゆえ、勝った氷川屋の側から照月堂へ要求を一つ出されるがよろしかろう。照月堂はそれを必ず聞き入れること、よろしいな」

「かしこまってございます」

久兵衛が静かに答えた。その声にはつゆほどの苛立ちも感じられない。久兵衛はすでに覚悟を決めているようであった。

（ああ、どうか――）

祈り続けるなつめの耳に、氷川屋の声が流れ込んできた。

「それでは、照月堂さんは店を閉めていただきたい」

それだけは――と願っていた最悪の要求が容赦《ようしゃ》なく突きつけられた。

なつめは体の中心を支えていたまっすぐの棒が、いきなり溶け出してゆくような心地を覚えた。このまままきちんとした格好で座り続けていることができないのではないかと危ぶまれた時、

「今月の十一日から十三日の三日間、つまり後《のち》の月見の稼ぎ時になるわけですが、その間、店を閉めていただくことにいたしましょう」

という氷川屋の言葉がさらに、なつめの耳に注ぎ込まれた。

「えっ……」

小さく声を上げて、思わず氷川屋の方へ目を向ける。氷川屋はじっと久兵衛を見据えていた。

その傍らには、久兵衛の作った〈菊のきせ綿〉をのせた皿が置かれている。氷川屋が口をつけたのはほんの一口だけのようで、後は残されたままであった。

（どうして？　旦那さんのお作りになった菓子を食べられないとでも――？）

なつめは腹を立てかけたが、すぐにそうではないだろうと思い直した。

氷川屋は久兵衛の腕に衝撃を受けたのだ。工夫の仕方といい、その味わいといい――。

それは、重蔵のいかにも不機嫌そうな渋面にも表れていた。

判定人の出した結果では、確かに勝ちを収めたものの、氷川屋は本心から勝ったと思えなかったのではないか。

露寒軒が言うように、勝ちの判定を下した二人の客が味わいのよさを口にしなかったことが、何よりの証《あかし》であろう。

久兵衛は「承知しました」と、氷川屋の要求をそのまま受け容れ、三日間店を閉めることを決めた。

氷川屋と照月堂の面々が口々に礼を述べ、露寒軒と判定人たちは氷川屋を後にする。

彼らを見送ってから、照月堂の面々も借りていた蒸籠を厨房へ返し、後片付けをしてから帰ることになった。

「それにしても、氷川屋から何を言い出されるかとひやひやしましたが、三日間店を閉めるだけで済んでよかった。まあ、それも腹の立つことではありますが……」

帰り道、氷川屋からずいぶん離れたところまで来てから、太助が溜《た》め込んでいたものを吐き出すような勢いで言った。

「それというのも、あの〈菊花の宴〉、見た目は華やかですが、味わいは旦那さんがお作りになるものにとうてい及ばなかったですからね」

憤慨した口ぶりで言う太助に、

「氷川屋の主人もそれが分かってたんじゃねえか」

ぽつりと呟くように、久兵衛が言った。

「だから、無茶な要求はしなかったっていうわけですか」

「まあ、戸田さまなどは判定人でこそなかったが、ずいぶんと俺の菓子を認めてくださっているふうだった。氷川屋だって、言われなくとも気づいていたはずだ。ここで無茶な要求をすれば、戸田さまがどうお思いになるか。万が一、戸田さまがこの競い合いのことを書き留めて、絵草紙屋で売りに出したりすれば、氷川屋に傷がつくことにもなるからな」

「確かに、戸田さまのご本ならば評判になるでしょうし、そこで悪く書かれるのは避けたいでしょうな」

太助は納得した様子でうなずいたものの、すぐに真面目《まじめ》な顔になると、

「しかし、この件で氷川屋は旦那さんの腕を恐れるようになったはずです。あの主人のことだ。これからは気をつけねばなりませんな」

と、久兵衛に真剣な目を向けて言った。

「あのう、安吉を店に戻すことは……お考えになっておられんでしょうな」

太助は少し言いにくそうな口ぶりになって尋ねる。氷川屋との関わりが複雑になりつつある今、その火種となりかねない安吉を、店に入れることは反対なのだろう。

「あいつは照月堂を出て行った者だ。すぐに身勝手を許してやるわけにはいかねえし、あいつもそれは分かってるだろう」

久兵衛は安吉を完全に見捨ててはいない様子を見せてはいたが、甘やかす気もないようである。

「なら、代わりの職人をすぐにでも探さなければなりませんな。小僧も一人は入れたいところですし」

「まあ、それもそうなんだが」

太助の言葉にそう応じた久兵衛は、いったんなつめに目を向けた後、それを再び太助に戻し、

「番頭さんはなつめのことをどう思う？」

と、尋ねた。なつめは思わず足を止めてしまった。

「どうって、今回の菓子作りについてですか」

驚いたのは太助も同じだったようだが、太助は久兵衛に合わせて歩を進めながら、慎重な口ぶりで問い返した。

「まあ、それも含めて、という話だな」

「私はなつめさんが厨房でどんなことをしたのか、見てはいませんから、何とも言える立場じゃありませんが……」

「それでいいんだ。思ったことを言ってくれ」

「短い間でしたがよくやっていたと思います。菓銘を考えたってことは、あの〈菊のきせ綿〉の拵えを考えた、もしくは見つけ出したのもなつめさんだったんでしょう。植木屋を回っていたことも知ってます。まだ分かりませんが、もしかしたら、旦那さんや辰五郎と同じ側の人かもしれないと思いました。少なくとも、私と同じ側ではなさそうだ、と――」

「……そうか」

久兵衛は少し考え込むような目をした後、ふと足を止めた。後ろをついて歩いているなつめを振り返る。

「なつめ」

と、名を呼ばれて、なつめは足を止め、「はい」と返事をして、久兵衛を見上げた。

「お前に、今すぐ職人になれと言うことはできねえ。子供たちの面倒も見てもらわなけりゃいけないしな。だが、これからも、少しずつ厨房の手伝いを続けていくか」

と、久兵衛はさらりとした口ぶりで続けた。

「私を厨房で働かせてくださるのですか」

「お前を職人にするかどうかは、望月のうさぎの売れ行きを見て決める約束だったな。だから、今度の一件だけで、職人にしてやるとは言ってやれねえが……」

「それはもちろんです。私はただ、旦那さんのお仕事ぶりを厨房の中で見せていただけるだけで――」

「なら、この件は決まりだ」

話を打ち切るように、久兵衛は言った。

「小僧は引き続き探してくれ。それまではなつめがいれば、まあ、何とかやっていける。あと二年もすりゃ、郁太郎にも修業を始めさせるしな」

久兵衛が太助に目を戻して言うと、太助はうなずくなり目を細めた。

「郁太郎坊ちゃんは先が楽しみですな。あれだけ賢いお子はめったにいるものじゃございませんよ。照月堂は安泰ですな」

「跡は郁太郎が継ぐと決まったわけじゃねえ。俺は才のある者に継がせたい」

久兵衛の言葉は、父親のものとしては厳しく容赦のないもののように聞こえた。

久兵衛が思いやりのある人だということは分かる。初めは女だからとなつめを拒みながらも、機会を与えてくれた。安吉のことを許すことはないが、道を間違えないよう、示してやっている。でも、

（職人としての旦那さんは厳しい――）

他人にだけではない。自分に対しても厳しいのだ。菓子作りにおいては、常に高みを見

据えている。

（それが、自分の思い描く至高の菓子に勝つということなんだ）

なつめが改めて久兵衛の言葉を思い返していた時、久兵衛は再び前を向いて歩き出していた。なつめは急いでその後を追った。


照月堂に帰り着くと、なつめは厨房の後片付けを命じられ、それが終わったら今日はもう帰っていいと言われた。

いつものように、辰五郎のもとに預けられている郁太郎と亀次郎は、まだ帰ってきていないようだ。

結局、十日ほども二人の面倒を辰五郎に任せてしまったことになる。

「いつまでも甘えてるわけにゃいかねえから、明日からは子守に戻ってくれ。厨房に入ってもらうのは、おまさと相談してみる」

と、久兵衛からは言われた。

なつめは厨房へ入り、残っていた洗い物を盥に入れて井戸端へ向かった。

汲んだ水を盥にあけ、黙々と洗い物に取りかかる。

その時、背後から不意に、

「なつめさん」

と、声をかけられた。はっと顔を上げると、井戸端に安吉が突っ立っている。

　安吉はどうしても競い合いの結果が気になってたまらず、この場を去るに去れない様子であった。

　なつめは水に濡れた手を拭きながら立ち上がると、氷川屋での出来事を安吉に語り始めた。それぞれの店が作り上げた菓子の説明はできるだけくわしく、それ以外のところはかいつまんで話す。

「……そうか。負けちまったのか」

　結果を聞くなり、安吉はがっくりと肩を落とした。

「でも、旦那さんのお作りになった〈菊のきせ綿〉は見事なものだったわ。見た目の華やかさには欠けていたかもしれないけれど、味わいは決して負けていなかったもの。氷川屋さんが三日店を閉めるだけでこの勝負を収めたのも、旦那さんの腕前を認めたからなんだと、私は思っています」

　なつめはつい熱い口ぶりになって訴えてしまった。

「でも、後の月の前三日といやあ、月見団子を売る稼ぎ時だっていうのに」

「それは残念だけれど、安吉さんにとっては、よかったと思うわ。これからは自分の思うようにすることができるのだし……」

「氷川屋の菓子を作ったのは、親方と菊蔵だったんだよな」

　不意に、安吉は話題を変えた。なつめは黙ってうなずく。

「俺、氷川屋へ謝りに行った時、亥助さんにしか会えなかったんだけど、ひどく責められたし、ののしられたよ」

「そう」

「けど、それはいい。それでよかったんだ。その時、亥助さんから聞かされた。菊蔵が今度の競い合いで、親方の手伝いをしてるって――」

安吉の話がどこへ向かおうとしているのか分からず、なつめは黙ったまま、安吉の次の言葉を待った。

「俺、その時、悔しいって思ったんだ。これまでは、菊蔵に勝りてえなんて思ったことはなかった。大体、俺なんかが菊蔵に悔しいなんて変だろ。けど、あの時、どうしてか悔しかった。菊蔵はどんどん先へ行き、俺は職人の道から転げ落ちちまった今になって、悔しいって――」

安吉の声の調子から、その思いが本気であることが伝わってきた。こんなに真剣にしゃべる安吉を見るのは初めてだった。

「その気持ちは、これから安吉さんの力になってくれると思うわ。その、たとえ照月堂に戻れなかったとしても――」

安吉はこの競い合いのけりがついた後、再び照月堂へ戻れると期待しているのではないか。それは難しいということを知らせようと思って、なつめは言いにくいことも口にしたのだが、

「いくら俺だって……そこまで図々しいことは考えてねえよ」

と、安吉は苦笑を浮かべながら切り返した。

「けど、俺なりにけじめはつけようと思う」

続けてそう言った時の安吉の目は、どこか遠いところをじっと見据えている。

「ちょっと、安吉さん。けじめってどういうことですか」

なつめはふと不安になって訊いた。

「心配には及ばねえよ」

と、以前のように軽い調子になって言うと、安吉は踵《きびす》を返す。追いかけようと思ったわけではないが、なつめは思わず足を一歩踏み出していた。

「そう言われたって、安吉さんなんだから、心配せずにいられないんです」

去ってゆく背にそう叫んだが、安吉が振り返ることはなかった。いつしか安吉の姿は消え、裏通りにわずかに立った土煙が見えるばかりであった。

六

九月十一日から十三日の間は、なつめにとって思いがけない休暇となった。

その間、子供たちの面倒はおまさが見るというし、たまには骨休めをしろと言われたのである。そこで、なつめは庭に生《な》っている棗の実を摘んでは、蜜漬けを作ったり、市兵衛の菓子見本帖《みほんちょう》を写し取ったりしながら、大休庵でのんびりと過ごした。

その最後の晩の夕餉の席で、お稲が食膳に面白いものを出してくれた。

「おや、これは何どすか」

了然尼が目にして、お稲に問うた。

了然尼が見つめているのは、皿にのった白い泡のようなものである。

「なつめさまから教えていただいた、卵の白身を泡立てたものなんですよ」

と、お稲は言った。

お箸をつけてみてください——と言われた了然尼は箸でその泡をすくい取った後、

「あらまあ」

と、澄んだ明るい声を上げた。

「これは、菊のきせ綿やなあ」

と言う。驚いて、なつめも自分の食膳にある綿のような卵の白身をすくい取ると、中から現れたのは薄紅色というより紫に近い菊の花。菓子ではない。本物の菊の花だ。

「これは食べられる菊の花で、体にもいいそうです。どうぞ、その綿に見立てた部分と一緒にお召し上がりください」

お稲からそう言われて、なつめは恐るおそる菊の花と泡を一緒に口へ運んだ。

しゃきっという菊の花の感触と、ふわっという卵の泡が口の中で重なり合う。

味は少ししょっぱかった。

「あれ、なつめさまは甘味で試されてましたけど、塩を入れてもうまく固まるんですね。

それで、こんなことをしてみました」

お稲は楽しげに、そして、ちょっと得意そうに言う。

「すてきだわ、お稲さん。あれ、競い合いにはまったく役に立たなかったのだけれど、こんなふうにしてもらえるなんて、私、とても嬉しいわ」

こぼれんばかりの笑顔を浮かべて言うなつめに、お稲は何やら不審げな、どことなく様子をうかがうような目を向けた。が、この時は何も言わず、夕餉が終わって、正吉とお稲が二人して後片付けに現れた時のこと。

「なつめさま」

と、正吉が何やら神妙な顔つきで話しかけてきた。

「もしや、またしても例の病にとり憑《つ》かれたのではありませんか」

「例の病とは――？」

「ほら、『あれになりたい、これになりたい病』のことでございますよ」

と、横合いからお稲が言う。

「まあ」

と、了然尼の口から意外そうな呟《つぶや》き声が漏れた。まさか、それを信じてしまったのかと、なつめは慌てた。

「どうしてそう思うのです。私は今だってお菓子のことで頭がいっぱいですのに」

「だって、昼間はずっと、熱心にお針を動かしていたではありませんか」

お稲が言った。お茶を運んだ時に、なつめのその姿を見かけ、これは例の病が始まった、前にも罹《かか》った「お針子になりたい病」がぶり返したか、と思い込んだらしい。

「ああ、あの時はこれを作っていたんです」

なつめはうなずくと、袂《たもと》から藍《あい》色の巾着《きんちゃく》袋を取り出した。それには長い紐《ひも》がついている。

「それは何ですやろ」

「楊枝《ようじ》入れの袋を入れる巾着袋なんですが、安吉さんに差し上げるんです」

了然尼の問いを受けて、なつめは答えた。

「袋を袋に入れるんどすか。何やおかしおますなあ」

了然尼は面白そうな声を上げて笑った。

「はい。でも、安吉さんは楊枝入れの袋をよく置き忘れてしまうようなので、首にさげられるのがいいと思って」

しかし、楊枝入れの袋は安吉にとって大切なもの。それに手を加えることはできなかったので、それごと入れられる新しい袋を作ることにしたのだと、なつめは話した。

「それじゃあ、なつめさまは菓子職人の道をやめるわけじゃないんですな」

正吉が恐るおそるといった様子で問う。

「当たり前です。私はどんな菓子を作りたいか、ようやく考え始めたところですのに」

と、なつめは答えた。

「どうもおかしいと思うてましたのや」

正吉とお稲の早とちりに、了然尼が楽しげな笑い声を上げると、なつめもつられて思わず笑い出してしまった。

安吉のことは休暇中も気にかかっていたのだが、けじめをつけると言っていた安吉の覚悟に余計な差し出口はするまいと思い、なつめは安吉を訪ねることは控えた。しかし、安吉が自身にけじめをつけたら、紐つきの巾着袋を渡そうと思う。

そして、休暇の終わった十四日の朝、なつめはその巾着袋をいつでも渡せるよう袂に入れ、いつもより少し早く照月堂へ出向いた。すると、仕舞屋の方が何やら騒々しい。

店を閉めている間に何かあったのかと不安を覚えながら、急いで声をかけて仕舞屋へ上がると、何といつも皆が集まる居間に客がいる。

辰五郎と安吉の二人であった。

「ああ、なつめさん」

辰五郎と安吉は同時に振り返って、声を上げた。辰五郎はいい。穏便に照月堂から独り立ちした身であり、今は客人としてこの家の敷居をまたぐことに問題はない。

だが、安吉は……。

「どうして、安吉さんが――？」

思わず目を丸くして、なつめは尋ねてしまった。

「旦那さんがね、安吉さんも家へ上げていいとおっしゃってくださったんだ」

心苦しげな表情の安吉に代わって、辰五郎が答えた。

「実は、安吉さんがどうしても照月堂に詫《わ》びを入れたいと言って、あることを考えついたんだ」

促されるまま、安吉たちの傍らに座ったなつめに向かって、辰五郎が語り出した。その話はすでに、この場にいる市兵衛に久兵衛、おまさ、太助の間では周知のことだったろうが、誰も口を挟まなかった。

辰五郎によれば、安吉が考えたこととは、照月堂が店を開けることができない三日の間、照月堂の代わりに月見団子を売り、その売り上げを照月堂に納めてもらおうという計画だったという。もちろん、安吉一人では、他人さまに買ってもらえるような月見団子を作ることができない。

「そこで、まあ、俺も助太刀させてもらったんだ」

何といっても、安吉が照月堂で世話になるについちゃ、俺も関わってるし――辰五郎は照れ隠しのように言って、かすかに笑った。

「それじゃあ、あの本郷の辰五郎さんのお店で……？」

「いや、まだ本式の店開きができるような状態じゃねえんだ。それに、あそこは人があまり来ないしな。だから、団子作りはあの家でやって、その後は、屋台の車を借りて、兼康《かねやす》のある大通りの方まで売りに出たんだよ」

辰五郎の家とはそれほど離れていないのだが、乳香散《にゅうこうさん》で評判高い兼康のある大通りは人手が多く、茶屋もある。月見団子はその場で食べるようなものではないが、競合する茶屋には多少の心づけを渡し、商いをさせてもらったという。

一日目、作った団子はすべて売れたので、翌日からは串にさしたものも売り出してみた。すると、これもよく売れ、団子を買った者が近くの茶屋へ入って、茶を注文するということもあり、茶屋の主人との折り合いも悪くはなかったらしい。

そうして得た売り上げから材料にかかった費用を清算し、残った金をすべて持ってきたのだという。

見れば、久兵衛の膝の前には、少し草臥《くたび》れた感じの灰色の巾着がどさりと置かれていた。中には売り上げた銭が入っていると見え、大人の頭の大きさほどはある。

辰五郎の説明が終わると、その場はしんと静まり返った。

ややあってから、沈黙に耐えきれなくなったといった様子で、安吉が身を投げ出すようにして頭を下げた。

「どうかこれを受け取ってくだせえまし。そうしたら、俺はもう旦那さんの前から消えます。照月堂の敷居は二度とまたぎませんから、最後にどうか、これだけは――」

安吉の切実な物言いは、なつめの心にも深く響いた。亥助が照月堂に怒鳴り込んでくる前の安吉とは、まるで別人のような真剣さである。

「どうするのかね、久兵衛や」

促すように、市兵衛が口を開いた。

「私は口を出さないようにしようと思っていたし、最後はお前に任せるけどね。ただ、過去にどんな過ちを犯したとしても、全身全霊をかけた人の願いというものをしりぞけた報いは、いずれ跳ね返ってくるものなんじゃないかねえ」

市兵衛が口を閉ざした後、やや間《ま》があったが、やがて、心を決めた様子で久兵衛が口を開けた。

「……そうだな。なら、それは受け取らせてもらおう」

「旦那さん……」

安吉が畳の跡のついた額を上げて、涙混じりの声を上げる。

「その上で、安吉、お前に一つ訊きたいことがある。お前は今でも菓子職人になりてえと思ってるのか」

続けて口にされた久兵衛の問いかけに、安吉の顔はたちまち強張《こわば》った。

「へ、へえ」

少し間を置いた後、躊躇《ためら》いがちにうなずいた安吉であったが、すぐに気を取り直すと、

「俺は今でも、いいや、今こそ本気で菓子職人になりてえと思ってます」

と、言った。

「お前はこのまま辰五郎のとこに厄介になって、都合よく居ついちまおうなんて思ってんじゃねえだろうな」

凄《すご》みのある久兵衛の物言いに、いささか怯《ひる》んだ表情を見せながらも、

「……そ、そんなことは考えてません。今回のことまでは辰五郎さんの世話になりましたが、これを機に、辰五郎さんとこも出て行くつもりでしたから」

と、安吉は懸命に答えた。

「それだけの覚悟があるならいい。で、菓子職人になりてえっていうなら、俺から一つ勧めたいことがある。聞く気はあるか」

「も、もちろんです！」

安吉は身を乗り出すようにしながら答えた。久兵衛はいつもより鋭い眼差しで安吉を見返しながら、

「京へ行け」

と、短く告げた。

「京に——この、俺が？」

「本気で職人になりたいのなら、地を這《は》ってでも京に行くべきだ」

わずかの躊躇いも見せずに言うと、久兵衛は先ほど受け取った巾着袋に目を向け、それから太助へと転じた。

「番頭さん。この金だけど、どう使ったらいいか、思案はあるか？」

「それは、旦那さんがお決めになることです」

「なら、俺のしたいようにしてもいいんだな」

「はい」

太助はきっぱり答えると、「ちょっと失礼します」と言い、その部屋を出て行った。

「番頭さんの許しが出た。この金は仕度金として、安吉、お前にくれてやる。これで足りるかどうかは知らん。道中、金が足りなくなったら、自分で何とかしろ」

「で、でも、俺、京に知り合いなんて、一人もいねえし……」

安吉の口から、この日初めて弱気な言葉が漏れた。

一皮むけたようになっても、相変わらずのところも残っている。真剣な話の最中ではあるが、何だか安吉らしくて少しなつかしいと、なつめはおかしく思った。

もっとも、本気で見知らぬ京の地へ行くのなら、弱気の虫は押さえ込んでもっとたくましくならなければいけないのだろうが……。

「そんなことは知るか」

安吉の弱気な言葉になど取り合わず、久兵衛は突き放すように言う。だが、続けて、

「俺と一緒に修業していた奴が、京で小さな店を開いている」

と、安吉に聞かせるという感じでもなく、独り言のように呟いた。

久兵衛はその男に文《ふみ》を書くから、それを届けろと安吉に言った。

「生憎《あいにく》だが、お前の面倒を見てくれとは頼まねえぞ。そいつでもいいし、そいつでなくてもいいが、修業をさせてほしいと思う相手が見つかったら、どんなことをしてでも自分で相手を説得しろ。それができねえようなら、お前は菓子職人はもちろん、何ものにもなれねえよ」

どんなに冷たい言い方をしても、久兵衛は安吉の今後を考えてくれている。それは、その場に居合わせた誰にも分かることであった。

「それじゃあ、安吉さんにも仕度があるだろうから、それができたら、家の方へ来てちょうだい。それまでには、この人も文とやらを書き上げているだろうから――」

それまで黙っていたおまさが、安吉に温かい言葉をかけた。

「ありがとうございます、旦那さんもおかみさんも――」

顔を上げていられないのだろう、うつむいた格好になった安吉が涙声で言う。

「そうそう、なつめさんが来たら、すぐに見てもらわなくちゃならないものがあったのよ。ねえ、お前さん」

湿っぽくなった雰囲気を払いのけようとするかのように、おまさが明るい声で言った。

「おう、そうだったな」

久兵衛もすぐに応じた。おまさは立ち上がると、いったん部屋を出て、それから布巾を被せた皿を二つ、盆にのせて戻ってきた。その時、一緒に太助も部屋へ戻ってきた。その手には風呂敷包みがある。

おまさはなつめの前に二枚の皿を置くと、皆の注視を集める中、おもむろに布巾を取り除けた。

「まあ、これ――」

現れたのは〈菊のきせ綿〉だった。

ただし、競い合いで拵えた黄色の八重菊ではなく、白の八重菊と薄紅色の八重菊で、真ん中には明るい緑色の葉があしらってある。

「競い合いでは菊といえば思い出す色の方がいいと思って、黄菊にしたんだが、この三日の間に、白と薄紅も試してみた。見た目に工夫を凝らせば、そう悪くない気もしてな。さらによく作り上げてから、三色すべて店に出してもいい」

久兵衛の頼もしげな言葉に、なつめは大きくうなずき返した。

さりげなく添えられた緑葉の色が、菓子に明るい華やぎを加えている。

（旦那さんは見た目の美しさを重んじた氷川屋さんの菓子作りから、いいところを取り入れようとなさったのだわ）

そして、さらに己の菓子を磨き上げ、より高みを目指している。

久兵衛の菓子作りへの気構えの言葉と重ね合わせ、なつめは胸を熱くした。

「食べてみる、なつめさん？」

おまさが横から尋ねてくる。なつめはふと顔を上げて、安吉を見、辰五郎を見た。

照月堂を飛び出したのを機に、変わっていった安吉。

――大旦那さんのお心をさっさと切り捨て、京菓子だけに絞ることが果たして正しいんですか？

照月堂の格を上げようと京菓子にこだわる久兵衛に、反撥《はんぱつ》していた辰五郎。

二人のかつての姿がよみがえった。

「旦那さん」

なつめは久兵衛に向き直ると、手をついて頭を下げた。

「私はもう先日頂戴しましたから、この菓子のことは知ってます。でも、辰五郎さんと安吉さんは召し上がっていないのですよね。どうか、お二人に食べさせてあげてください」

「そうか。なら、辰五郎と安吉、お前らが食べてみろ」

久兵衛は意外にあっさりと言った。

もしかしたら、久兵衛自身、かつての弟子であった二人に食べさせたくて、そのきっかけをつかみかねていたのかもしれない。

「俺がいただいてもいいんですか」

辰五郎はおまさから嬉しそうに皿を受け取った。

「……へ、へえ」

安吉は思い出したようにごしごしと顔を袖口でこすった後、皿を受け取る。

安吉の震える手が、皿の上の黒文字をつかんだ。その後もなお、安吉の手は震え続けていた。それでも、どうにか葛の部分に黒文字を突き刺すと、それをすくい上げるようにして口に入れた。真っ白な菊の花が、黒い皿の上で、葛がかかっていた時より鮮やかに輝いて見える。

安吉の顎が上へ下へとゆっくり動かされる。喉が大きく動いて、やがて静まった。

安吉はそれからしばらくの間、白菊の花をじっと見つめていたが、今度は落ちついた仕草で菊の花に黒文字を入れ、ゆっくりと味わっていく。

「さすがは旦那さんです。こんな深い味わいはなかなか出せるもんじゃありません。葛との相性もいいし、何より見た目が奥ゆかしくて美しい」

先に食べ終えた辰五郎がそう言って、久兵衛に手を合わせ、それから市兵衛と目を見交わしていた。

そうするうち、安吉がようやく食べ終わった。何となく、皆の目が安吉の口もとに集まる中、安吉は口を開いた。

「お、俺、こんなにうめえ……いえ、うまくてありがてえもんを、生まれて初めて食わせていただきました。俺は……ほんとに仕合せもんです」

そう言い切った途端、安吉の両目から涙がどっとあふれ出した。

それを見ると、おまさがすっと立ち上がった。簞笥《たんす》の引き出しを開けて、そこから取り出した手拭いを渡した後、

「忘れないうちに返しておくわね。大事な楊枝入れの袋と、安吉さんの筒袖《つつそで》」

と言い、おまさは預かっていた安吉の忘れ物をそっと前に差し出した。

「お、おかみさん。俺、また、どじやらかしちまって……」

手拭いで顔を拭きながら言う安吉に、おまさは黙って微笑み返す。

「それじゃあ、安吉さん。これは私からの餞別《せんべつ》です。使う使わないはお前さんに任せるよ」

続けて、先ほど部屋を出て行った太助が、風呂敷を開けて、安吉に差し出したのは一枚の筒袖――。久兵衛が目を剝《む》いて、太助の顔を見据える。

「番頭さん、そりゃあ……」

「私が昔、使っていて、もう二度と着ることはないと決めた筒袖です。安吉さんが職人の道をあきらめねえのなら、使ってもらってもいいかと思いましてね」

太助がそう言って微笑むと、久兵衛は顎を引き、もう何も言わなかった。

「私も安吉さんにお渡ししたいものがあるんです」

なつめは袂から藍色の巾着袋を取り出した。

「大事な黒文字を入れた楊枝入れの袋、京で失《な》くしてきたりしないように、この巾着袋に入れて首からつるしておいてください」

そう言って、そっと安吉の前に差し出す。

「番頭さん、なつめさん、俺――」

声を詰まらせた安吉の肩に、市兵衛がそっと手を置いた。

「お前さんは仕合せもんだ。お前さん自身が言う通りにな」

照月堂という店は、菓子で人を仕合せにするだけでなく、人と人との絆《きずな》を結んでくれる。

静かな喜びに身を浸しつつ、なつめはそっと目を閉じていた。

引用和歌

◆あぢきなし嘆きなつめそ憂きことに　あひくる身をば捨てぬものから（兵衛『古今和歌集』）
◆垣根なる菊のきせわた今朝みれば　まだき盛りの花咲きにけり（藤原信実『新撰六帖題和歌』）

参考文献

◆金子倉吉監修　石崎利内著『新和菓子体系』上・下巻（製菓実験社）
◆藪光生著『和菓子噺』（キクロス出版）
◆藪光生著『和菓子』（角川ソフィア文庫）
◆『別冊太陽　和菓子歳時記』（平凡社）

編集協力　遊子堂

本書は、ハルキ文庫のための書き下ろし作品です。

時代小説文庫
し 11-6

菊《きく》のきせ綿《わた》 江戸菓子舗《えどかしほ》 照月堂《しょうげつどう》

著者 篠《しの》 綾《あや》子《こ》

2018年 1月18日第一刷発行
2018年 2月 8 日第三刷発行

発行者 角川春樹

発行所 株式会社 角川春樹事務所
〒102-0074 東京都千代田区九段南2-1-30 イタリア文化会館

電話 03(3263)5247[編集] 03(3263)5881[営業]

印刷・製本 中央精版印刷株式会社

フォーマット・デザイン＆シンボルマーク 芦澤泰偉

ISBN978-4-7584-4141-4 C0193

http://www.kadokawaharuki.co.jp/[営業]
fanmail@kadokawaharuki.co.jp[編集] ご意見・ご感想をお寄せください。

時代小説アンソロジー

江戸味わい帖

身をひさいで得た売り店を繁盛店にのし上げる、いなせな女を描いた「金太郎蕎麦」(池波正太郎)、罪を犯した料理人が長い彷徨のすえ辿り着いた境地を描く「一椀の汁」(佐江衆一)、京ならではの料理を作るべく苦悩する板前と支える女の情実を綴る「木戸のむこうに」(澤田ふじ子)、異母兄弟であり職人同士でもある二人の和菓子対決「母子草《ははこぐさ》」(篠綾子)、豆腐屋の婿になった塚次の困難に対峙する姿が感動的な「こんち午《うま》の日」(山本周五郎)、塩梅屋の主人・季蔵のやさしい心遣いと鰯料理の味が沁みる「鰯の子」(和田はつ子)の計六篇を収録。江戸の料理と人情をたっぷりと味わえます。

篠 綾子の本

望月のうさぎ

江戸菓子舗照月堂

生まれ育った京を離れ、江戸駒込で尼僧・了然尼と暮らす瀬尾なつめは、菓子に目がない十五歳。七つで両親を火事で亡くし、兄は行方知れずという身の上である。ある日、大好きな菓子を買いに出たなつめは、いつもお参りする神社で好々爺に話しかけられた。この出会いは、なつめがまた食べたいと切に願ってきた家族との想い出の餅菓子へと繋がった。あの味をもう一度！　心揺さぶられたなつめは、自分も菓子を作りたいという夢へと動きはじめて……。小さな菓子舗が舞台の新シリーズ誕生。